CW01545178

凍れる河を超えて

それでも私は生きていく

下

Chang In-Suk
張仁淑
辺真一・李聖男＝訳

講談社

決死の脱出を果たした後、ついに長男ヒョンと10年ぶりの再会。ヒョンを抱きかかえる著者。だが、次男のグァンは……（1997年8月31日）。

長男ヒョン、次男グァン、三男ヨン、四男ナムの兄弟写真。この４人の子供たちがいたから生きてくることができた（1985年秋）。

アンコル立体橋をバックに設計事務所の部下と共に(1986年)。

1993年、次男グァンが結婚(後列左から2人目、隣が妻ジョンエ)。

1994年、ゴルバチョフ元ソ連大統領・金泳三韓国大統領の会談の通訳をつとめる
長男ヒョン。ヒョンは生きていた……。

凍れる河を超えて（下）

目次

目　次

凍れる河を超えて　上／目次

装幀　川上成夫
写真　武内理能
本文組　須賀晶彦

凍れる河を超えて

――それでも私は生きていく（下）

北朝鮮全図

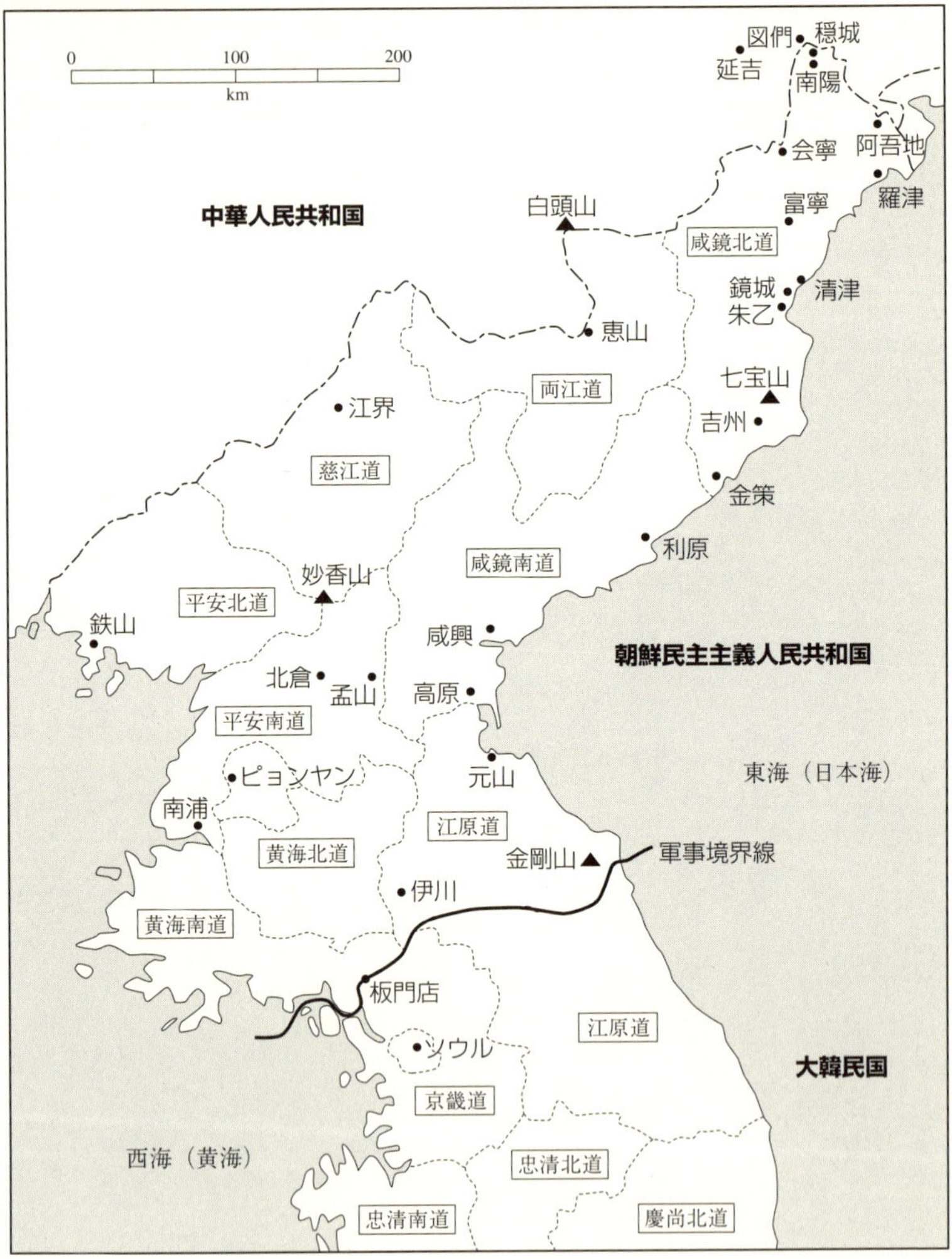

0
100
200
km
中華人民共和国
朝鮮民主主義人民共和国
大韓民国
東海（日本海）
西海（黄海）
図們
穏城
延吉
南陽
会寧
阿吾地
羅津
富寧
白頭山
咸鏡北道
鏡城
清津
朱乙
恵山
両江道
七宝山
吉州
江界
慈江道
金策
利原
咸鏡南道
妙香山
平安北道
鉄山
咸興
北倉
孟山
高原
平安南道
元山
ピョンヤン
南浦
江原道
黄海北道
金剛山
軍事境界線
伊川
黄海南道
板門店
江原道
ソウル
京畿道
忠清北道
忠清南道
慶尚北道

ピョンヤン市街図

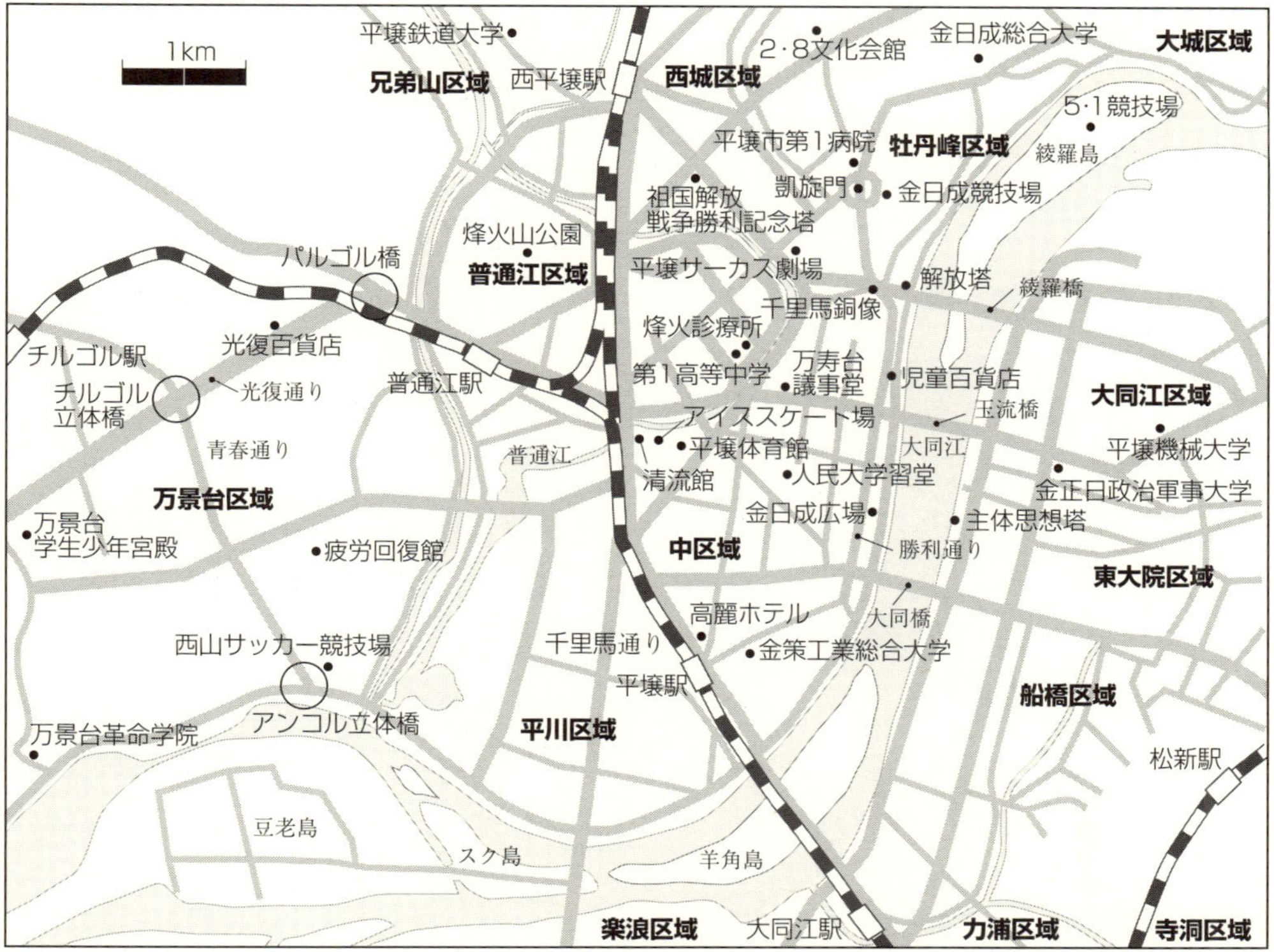
1km
平壌鉄道大学
兄弟山区域
西平壌駅
西城区域
2·8文化会館
金日成総合大学
大城区域
5·1競技場
平壌市第1病院
牡丹峰区域
綾羅島
祖国解放
戦争勝利記念塔
凱旋門
金日成競技場
烽火山公園
パルゴル橋
普通江区域
平壌サーカス劇場
解放塔
綾羅橋
千里馬銅像
烽火診療所
光復百貨店
チルゴル駅
チルゴル
立体橋
光復通り
普通江駅
第1高等中学
万寿台
議事堂
児童百貨店
大同江区域
アイススケート場
玉流橋
青春通り
普通江
平壌体育館
大同江
平壌機械大学
清流館
人民大学習堂
金正日政治軍事大学
万景台区域
万景台
学生少年宮殿
疲労回復館
金日成広場
主体思想塔
中区域
勝利通り
東大院区域
高麗ホテル
大同橋
西山サッカー競技場
千里馬通り
金策工業総合大学
平壌駅
船橋区域
万景台革命学院
アンコル立体橋
平川区域
松新駅
豆老島
スク島
羊角島
楽浪区域
大同江駅
力浦区域
寺洞区域

第六章

栄光の家族

党員突撃隊

金正日《キムジョンイル》の発案により、金日成《キムイルソン》が七〇歳の誕生を迎えるにあたり、全国民が忠誠の贈り物を捧げることになった。その一つとして、両江道普天堡《リャンガンドポチョンボ》と咸鏡北道穏城郡《ハムギョンプクドオンソン》に抗日武装闘争を後世に永く伝えるための銅像を建立するという課題があった。この銅像の完成の暁には、全国の勤労者たちの思想教育と忠実性教育のための参観地にするということも定められた。

続いて彼は、主体《チュチェ》思想を創始した金日成を世界に誇るために、主体思想塔の建設を提議した。さらに金日成が八・一五祖国解放後、ピョンヤン（平壌）に入城し、牡丹峰《モランボン》公設運動場で凱旋演説したことを記念して「凱旋門」を建設する。牡丹峰競技場を金日成競技場と改称し、改築作業を同時に行うように指示した。

建築設計についての全国的な懸賞募集も指示され、国家建設委員会が主催した懸賞募集には数十の案が出された。私のいるピョンヤン都市計画設計事務所でも、私の上司が候補地とともに主体思想塔の完成予想図を提案、応募した。そこはもとはソ連工業農業展示館があった場所で、大同江《テドンガン》岸の広い土地も同時に利用できそうだった。

完成模型を検討して、金正日が合格を出したのが、現在の主体思想塔であり、その設計事業は私たちの所属する設計室に下りてきた。同時に凱旋門と金日成競技場についてのプランもピョンヤン都市計画設計事務所で提案されたものが合格、その設計は第四建築設計室が受け持つことになった。

なんといっても首領の誕生日の贈り物であり、対外的威信を高める重要な記念碑的建設工事なのだ。これに参加することは大きな栄誉だと思い、私たちの鼻息は荒かった。

そして、実際の建築にとりかかると、これまでの建造物や記念碑の建造とは異なり、ここには全国から選りすぐりの労働党員だけを動員するということになった。全国の企業所、工場では従業員総会を通じて、もっとも模範的な党員たちを推薦し、「党員突撃隊」が組織された。大規模な建設工事を行うのに、機械類はなく、もっぱら労働者の肉体労働に頼り、昼夜を問わず戦争時さながらの突撃肉弾戦を展開するのだから、現場で働くものの消耗は激しい。それだけにいっそう、強靭《きょうじん》な精神力の持ち主でなければならなかった。

北朝鮮では金日成、金正日が視察したり、通り過ぎて行った日を記念日として残し、工場の名前が決められる習慣があるのだが、突撃隊の名前もそれにならって、最初は「三月一六日突撃隊」と名づけられた。金正日が指示した日にちなんだわけだ。しかし、それではもの足りないと思ったのか、よりグレードの高い名称をつけようと、彼は自分で「党員突撃隊」というきわめて直接的な名前をつけた。全国から優秀な技術者を召集し、強力な指揮部も設けられた。

建設指揮部の政治責任者として、労働党中央の副部長級である朝鮮労働党歴史研究所キム・テホ副所長が派遣された。さらにピョンヤン市党検閲委員会委員長、中央党宣伝部指導員、ピョンヤン市党指導員、社労青（社会主義労働青年同盟）と職業同盟の中央委員会幹部クラスが、ぞろぞろと指揮部に顔を並べた。

施工の要所には革命史跡地建設総局傘下の建設事業所が総動員された。施工責任者は史跡地建設総局の総局長（政務院傘下部長クラス）で、この他、国家建設委員会と各道建設総局、建設委員会幹部たちも行政と技術部署の責任者として任命された。そして、旅団、連隊、大隊、小隊、分隊のように軍隊式に隊伍が組織された。独立旅団、診療隊、商業管理所、資材供給所……などなど、建設関係部署はまるでミニ国家の様相を呈していた。その後も雨後の筍《たけのこ》のように、とても覚えきれないほどの新しい組織がどんどん生まれていた。

政治部直属として、機動宣伝隊も組織された。隊員は軍服姿で手に赤旗を持ち、太鼓や銅鑼《どら》の鳴り物入りで、戦闘員たちの士気を高めようと奮闘した。

突撃隊に選抜された人たちの士気は非常に高く、同時に選抜された人員を応援しようと、各道別に物資の支援競争が激しく行われた。既存の展覧館の建物などから撤去してきた資材を使い、連隊、大隊、中隊別に、宿所と後方支援施設などの建設にもとりかかったから、建設現場はいったいどこまでが本体工事で、どこからが側面支援のための工事なのか見分けもつかず、足の踏み場もない混乱状態だった。

　私たち設計事務所でも各室別、部門別に、有能な人員が主体思想塔設計室に派遣されることになり、従業員推薦式が行われた。さらに応援設計員も各地から選抜されて、寄せ集めの「主体思想塔設計中隊」が組織された。こうした重要建設物の設計で名を成せば、賞品はもちろん、勲章、名誉称号が授けられる絶好の機会となるため、まさに自分以外のみんなが競争相手だった。

　私は「主体思想塔設計室」党組織の細胞書記に任命された。そして、室細胞での業務は副書記にまかせて、すべてのエネルギーを注いで「信任」と「配慮」に必ず応えよう、そして名誉も獲得するのだと、闘志を燃やしていた。

　党員突撃隊第一旅団は主体思想塔を、第二旅団は凱旋門建設を担当し、第三旅団はこの工事に必要な花崗岩《かこうがん》などを確保するのが業務だった。建設が進行していく過程で、金日成競技場建設が提議されたので、さらに各旅団から人員を選抜して、新しく組織を作り施工にあたっている。

　もともと金日成競技場前広場は朝鮮戦争終結後に「毛沢東広場」と呼ばれていた場所だった。それを金正日が凱旋広場と改称したものだ。改称といえば、彼は、金日成広場の前からピョンヤン駅を結ぶ通りはスターリン通りだったものを、現在のスンリ（勝利）通りにと変えている。この他に一〇〇〇ヵ所以上の街と通りの名前を変えたので、みんな覚えるのに苦労したものだ。

このとき組織された党員突撃隊は、その後も革命烈士陵、錦繡山《クムスサン》記念宮殿、議事堂、壇君陵、戦勝記念館をはじめ、金日成の革命業績と金正日の領導の賢明性を考証するための数多くの建設を手がけ、多数の叙勲者を輩出し、名誉称号や賞品を受けてきた。現在は党員以外の人も推薦されて働いている。また、他にもこのような建設突撃隊が何十もある。

突撃隊員たちには移動作業費という名目で若干のお金が隊で支給されるだけで、基本給料と家族の生活維持は、所属する工場や企業所が保障する。したがって建設突撃隊では人件費の負担がなく、工事に必要な資材は、国家企画財源により計上されるものではなく、「主席財源」によって保障されていたから、他のことは何の心配もなく、眼中にもなく、工事に邁進《まいしん》できた。ということは資材費、人件費についてコスト面に何の制限もない、垂れ流し建設で、浪費の権化として、莫大な費用をつかっていた。

主体思想塔

ピョンヤン市の大同江のほとりに建つ高さ一七〇メートルの主体《チユチエ》思想塔を、北朝鮮の人々は世界に自慢する。人間中心の主体思想を金日成が創始し、今日では主体思想が、世界革命の指導思想になっていると誇り、主体思想教育を休みなく強化している。そのシンボルが主体思想塔なのだ。

現在、ピョンヤン市の中心軸となるのは、南山載《ナムサンジェ》の丘の上に建てた人民大学習堂と、主体思想塔を結ぶ線だ。

主体思想の始祖であり、主体思想の王国と自負している政府は、主体思想塔建設に惜しげもなく持てる力のありったけをつぎ込んだ。

その建築のとき、私たち設計室は建築、構造、機械、自動化、緑化、施設の分野別設計チームに分けられた。私が担当したのは構造だった。

どのような構造物でも構造というからには、人体にたとえれば脊髄に相当する部分だ。これなくしては、建物は存在できない。建築は、その脊髄につける筋肉であり、あるいは衣服のように最後の装飾ということになるだろう。ところが、全国から馳《は》せ参じた数多くの突撃隊員たちは、金日成、金正日への忠実性をわれ先に示すのだと煽《あお》られていたものだから、のっけから設計図面を要求してきた。

建設工事にむけて、建設作業員の動員と組織化が突出して先行していく。士気は天を突く勢いで、やみくもに施工図面を要求してきても、実際は、パース（透視図）として描かれた建築プランを金正日が批准しただけの段階にすぎず、基本設計は全く手つかずだというのに、このありさまなので先が思いやられた。設計図が完成してから、次に工事着工という順ではなく、工事に着手してから設計をはじめるというようなばかげた状況だった。

主体思想塔の基礎地盤工事のために、三次にわたり国家技術協議会が持たれた。上部構造物の重量自体がわからないのに、協議会で意見を闘わせるのは机上の空論にすぎないというのに。

私たち設計技術陣は、概略的な計算をして基礎の寸法と深度を定め、技術協議会に提出した。しかし、私たち技術者はスタートから窮地に追い込まれることになった。なによりも基礎地盤に対する見解が、まったく食い違っているのだから。

いつどんなときでもそういうものらしいが、「忠実性」が強い一部の幹部たちは、科学技術的な計算を無視して、先を急ごうとする。性急な彼らは、地盤などどうでもいいと思っている。

偉大な首領様の革命思想を万代《ばんだい》に伝える主体思想塔の基礎だからこそ、盤石《ばんじゃく》の岩盤の上に据えなければならないのに、それを主張する私たちに、「あなたたち設計技術陣には忠実性が足らない」とレッテルを貼ってすまそうとする。しかし、彼らの主張する位置では数十メートル掘っても岩盤はないのだ。そんなところへ建設したら、この先何年まともに建っているかどうか保証はない。そこに建てる以上は、綿密な計算の上に立って、ある程度、軟弱な地盤でも大丈夫なような構造にするしかない。そのためには、それなりの調査や準備期間も必要なのだ。他のことなら、多少は追従者《ついしょう》の好きにしてもいいが、これは、多くの人々が集まる建物であり、しかも万代まで残そうというものなのだ。手を抜くわけにはいかない。

結局、科学と「忠実性」の対決となってしまった。私たちは技術者の誇りにかけて、正確に計算して、塔の基礎地盤が汪砂礫層であっても安全である構造の設計にし、これなら大丈夫というところまでこぎつけた。

全国から優秀な構造設計者を集め、この問題に関して、結局三回の検討、協議の末に、私たち設計技術陣が勝った。技術者の良心を放棄せず最後まで食い下がり、安全性を重視したこと と、党の信任が厚い国家建設委員会構造担当副委員長の李允一《リユンイル》が、味方してくれたことにより、私たちの案が支持されたのだ。当然といえば、当然のことなのだが、この当然が通らないのが、この国なのだ。なお、李允一は、一九九〇年まで党中央委員会建設運輸部副部長を務めた屈強な有力者である。

こうして主体思想塔は、汪砂礫層に基礎を築いたが、現在に至るまで一センチの誤差もなく建っている。これを、私たちは科学技術の勝利だと自負しているが、とんでもない説で片づけるものが出てきたので、びっくりしてしまった。

なんと、金正日の徳性をつづった『建築の英才』という題名の出版物に、塔の設計とは何の関わりもない白頭山《ペクトウサン》建築研究院院長のリ・ヒョンなる人物が、主体思想塔にまつわる伝説物語を発表したのだ。

その本には、こう書いてある。

――現在の主体思想塔の位置は金正日同志が自ら定めてくれたのである。そこは基礎地盤が軟弱で塔を建てるにはふさわしくないと、技術者と設計者が一致して反対した。しかし、将軍様はどうしても掘ってみるように指導され、土を掘り下げると、なんと大きな岩石が見つかった。千里の彼方を見透せる将軍様は、一見しただけで千里まで見透す、土の下深くまで見透すことの出来る天下将軍であるから、このような現象が可能なのである。今日まで、主体思想塔は大きな岩盤の上に載っているために、万年大計に基づき補強されたも同然である――

これではまるでカルトの世界ではないか。しかし、恥ずかしいことに、建設や科学技術に無関係な北朝鮮の絶対多数の国民は、この説明を信じるかもしれないのだ。そして、数多くの伝説をひねり出す「忠実性」盲従者は、そういう人々に対して何の良心の呵責《かしやく》も持ち合わせてはいない。

基礎の深さが、地下一五メートルにもなる工事を、重機械とは名ばかり、地盤を掘り下げるのも、掘った土を運び出すのも、絶対的量はすべて生身の人間の肉体労働によってのみなされた。いまどき、こんな事実を北朝鮮国民を除いては、誰も信じないだろう。しかし、二本の棒を通してあるかますに土を乗せ、前後二人一組で運ぶマックトウリの方法と、土も泥も砂も桶に入れて担ぐ方法しかなかったのだ。機動宣伝隊員の鉦《かね》、太鼓にはやし立てられながら、ひたすら人海戦術で、へとへとになりながら蟻《あり》のように土を運び出したのだ。

私たちも同様で、電卓、つまり加減乗除と若干の三角関数計算だけの機能しかない電子計算器で構造計算をし、図面を引き、徹夜の仕事に追われる毎日だった。

地盤の掘削が終了し、基礎コンクリートを注入する段になると、どういうわけかおびただしい数の水桶が運ばれてきた。金正日の生母、金正淑《キムジョンスク》のふるさとの会寧《フェリョン》から汲み出した泉水だった。それを桶に入れて運び、コンクリート用の水に使用するという神がかったことが行われたのだ。ふつうの水を使っても何の問題もないのに、コンクリート混合用の水のために、ふだんでも貨物輸送が困難な鉄道事情も考慮せず、愚かな「忠実性」派がまたもや点数稼ぎにとんでもない姑息《こそく》なことを考えたのである。あのひなびた里から、この水が運ばれたのかと思うと、それに動員された人々の苦労を思わないではいられなかった。

コンクリート混合用水には膨大な量が必要だ。そんなところへ、何の足しにもならない微々たる量の泉水を運ぶという愚行に愕然とするしかなかった。もっと他に運ぶものがあり、することがあるだろうが、という思いだ。しかし、上部ではこれを「美しい行為」として宣伝、国中に広く紹介した。

主体思想塔の建設現場には、各道で国民を動員して支援物資を送る運動も展開した。全国各地から膨大な量の支援物資が切れ目なく届いた。指揮部ではそのための専門窓口の部署を作り、支援贈答品の受領証書を発給し、支援者にはピョンヤン見学をおみやげにつけた。

支援物資は次々と押し寄せ、来るものはまったく拒まなかったから、生鮮物や季節ものの食料が多量に持ち込まれ、しかし、保管や管理がずさんだったから、変質させたり腐敗させたりで無残な姿をさらしていた。経理部員たちはまるで私有物のように分配したりもしていた。誰も、自分の懐《ふところ》が痛むわけではないから、行きすぎた浪費も日常だった。

人々は、貧しい暮らしのなかで喘《あえ》いでいるのに、この主体思想塔建設の名のもとに、各地から支援物資を供出させ、さらに大きな苦役《くえき》を強いているのを知ったとき、私はまともに顔を上げられなかった。

塔本体の骨組工事は、圧送機でコンクリートを押し上げて三五日で終わった。工事で突撃隊員が流した汗の量は、それだけでたぶんコンクリートを混ぜ合わせることができるくらい膨大な量だった。

この工事を受け持ったのは、ピョンヤン市連隊だったが、ここでもまた熾烈な社会主義増産競争が繰り広げられ、勝った連隊には最も人気のあるテレビが賞品として与えられた。賞品として与えられるというと、ただでもらえるもののようだが、配給票をもっていき、百貨店でテレビを購入することができるのだ。つまり、自分がお金を全額出してテレビを買う権利を獲得する、その配給票がもらえるだけで、それが最高の褒美なのだった。その他にも家庭用の種々の製品が賞品として出されたが、要は同じことだった。

カルトの建築

建築壁材には花崗岩石が使用されたが、その数は七〇かける三六五で二万五五五〇個が用いられた。なぜこの数が割り出されたのか、それは金日成の七〇回の誕生日に年間日数をかけたものというだけで、技術的な根拠はまったくない。

また、石の一個ずつに金日成の著作といわれる演説集を彫らせたり、エレベーターホールの一階壁面には世界各国から贈られたさまざまな研磨石を、首領の偉大性の象徴として、タイルのように貼って装飾した。

建設は突貫工事で、昼夜を分かたず進められた。夜の部は夜間突撃隊員があたったが、彼らは昼間は自分の工場や企業所で働き、退社してから、「忠誠の愛国労働」という美名のもとに参加したから、本当に寝る時間がなかった。これより何年か前からいろいろな建設現場で、こうしたばかげた夜間突撃隊が見られたが、主体思想塔や凱旋門建設ではその何倍にもあたる人員が動員されていた。

突撃隊を側面で支えるために、理髪の心得のある人はハサミを持ってきて突撃隊員たちの頭を刈ったし、厨房担当のおばさんたちは食べ物を差し入れた。主婦は手製の手袋や肩当てを縫ってきて提供したし、外貨のある在日朝鮮人帰国者の子弟は、何万ウォンかずつのまとまったお金を寄付した。それぞれ自分の身の回りでできることを見つけては、競って忠誠心の証《あかし》を立てようと懸命だった。多くの美談が生まれ、もっと多くの悲劇の犠牲は切って捨てられた。

私は、昼間は各連隊を訪ねて、現場指導をし、夜は構造計算と図面引きに追われていた。最終バスがなくなれば、その日は現場の設計室で眠り、始発バスで家に戻り、子供たちの夕食分までの準備をすませ、とんぼ返りで再び現場に出勤した。

ある日、どうしても歯が痛くてがまんできなくなったが、病院に行く時間がどうしてもとれない。しかたがないので、口に醤油を含んで痛みに堪えながら図面を引き、施工担当者に渡した。超人的な力が作用でもしない限り、これほどのむずかしい仕事はやり遂げることができなかった。もっとも、この仕事をむずかしくしたのは、もともと無理な社会で、無理を通そうとしたことだったのだが。

夜遅くまで仕事をすると、昼間の仕事でどうしても疲れがでて、うっかり居眠りしてしまう。またこの間にも、学習と生活総括は正常に行われていて、些細な怠慢も決して見逃さなかったから、人間的な暮らしとはほど遠い走りづめの日々だった。子供たちはほったらかしで、母らしいことも何一つしてやれなかった。子供たちには一方的に、元気をもらい、エネルギー源になってもらうばかりだった。

完成した主体思想塔は、北朝鮮の対外宣伝で大きな位置を占めていった。

北朝鮮ではこの建設に関与できたことを比類なき栄誉と思っていたが、南に来て世界の実態を理解できるようになった今となっては、困難で凄絶《そうぜつ》だった建設工事、としか表現できなくなった。主体思想塔を思い出すたびに、そのころの姿が浮かび、胸が痛む。

一号写真

一九八〇年三月、全国建築家大会が開かれ、私も代表のひとりとして参加した。全国の建築家が加盟する組織として朝鮮建築家同盟があり、規定により四年に一度は定期総会が行われる。それまでは開催条件が整わず、この年やっと建国後三回目の総会が開かれることになったのだった。各市、郡から代表が参加したが、私はピョンヤン市代表としての参加だった。この総会には金日成が臨席した。なんといっても金日成の出席する大会に参加できることは、北朝鮮では最上の栄誉だった。

総会で、私は代表のひとりとして、金日成と一緒に撮られる栄誉の記念写真の中におさまった。金日成と一緒に撮った写真のことを「一号写真」というのだが、この記念の写真は額縁に大切に納めて、家庭のいちばん目立つ、いちばんきれいな壁に掛けることができる。この写真さえあれば、いろいろな場所で政治的に認められるという絶大な効能がある。

子供たちはその写真を見て、母親を「凱旋将軍」のように仰ぎ、狂喜乱舞した。そして、自分たちの母親は、決心したことは必ずすべてやり遂げる素晴しい人間だと信じ、何をどうすればその母を喜ばすことができ、勇気づけることができるかを、いつも考えながら行動するようになった。

さらに私には、いいことが続いた。私は国から勲章を三つも授けられたし、企業所は「栄誉の三大革命赤旗」称号を受けた。主体思想塔設計で模範になった人たちには朝鮮労働党への入党措置がとられ、私も一〇人以上の入党保証を書くので忙しかった。全員が道理をよくわきまえ、党員としての任務もよく守る人たちだったから、私も非常に満足だった。

主体思想塔が竣工した一九八二年四月、金日成、金正日が建設現場に視察に出てきた。金日成父子が現場に足を運ぶことは、北朝鮮では特別なことで別名で「現地指導」という。建前は、私たち建設者の働きを高く評価し、激励することだったが、実際にその現地指導に立ち会えるのは、ごく限られた人間だけだった。

現地指導の間、建設関係者全員は宿舎に監禁同然に足留めされる。視察に同行するのは総責任者、総局長、参謀長などの指揮部の責任幹部数人だけだ。その後に建設工事で功労が認められた労働革新者が、身元確認の関門をいくつも経て、やっと金日成、同行幹部と一緒の記念撮影に納まる。この写真撮影の間の緊張ときたらない。国家保衛部員、社会安全部員が金日成父子の身辺を徹底的に警備する。

私には、これが二度目の金日成との記念撮影になった。これこそ自分に与えられた大きな信任と思い、素晴らしい慶《よろこ》びに胸がいっぱいになった。

主体思想塔は、北朝鮮を訪れる外国元首をはじめとする各人士たちの観光コースのいちばんにあげられている。韓国に来てから、北朝鮮に行って来たことのある人たちと会うと、必ず「主体思想塔を見学しましたよ」と言われる。

しかし、北朝鮮の圧倒的多数の国民は、主体思想塔には行っても、塔の前の教育広場で忠誠の決意をさせられるだけで、塔の中に入ったり展望台に登ることは決してできない。ここに登るためには党中央委員会が承認する「入場証」が必要であり、一般の人たちには発行されないからだ。

高さ一七〇メートルにもなる塔を建設したと自慢、吹聴《ふいちょう》する国なのに、ピョンヤン市民は自由に塔に登って、美しいピョンヤンの風景を見学することができないのだから、絵に描いた餅にすぎない。建設関係者もまた塔が完成したあとは、一歩も足を踏み入れていない。エレベーターのドアの前には武器を装着した警備隊員が二四時間歩哨に立っている。

同じ八二年四月一五日、金日成誕生七〇歳を迎えるにあたり、私たちの設計室は金日成の生家、万景台《マンギョンデ》への道路拡張と普通江《ポトンガン》に架かるパルゴル橋設計も任された。金日成みずからが、この竣工のテープカットを行い、パルゴル橋のでき栄えがとてもいいと褒めてくれた。こうして私は設計員として最高の栄誉を手にしていくことになった。

この節目の年には、人民大学習堂、アイススケート場、総合飲食店の「清流館《チョンリユグアン》」をはじめ、たくさんの建設が同時に行われた。この建設工事にもピョンヤン市の人口に匹敵する人数の突撃隊員が地方から選抜されて投入された。

アイススケート場の建設は、金日成が東ヨーロッパを訪問したときに思い立ったようで、普通江沿いに位置を定めて、社会安全部傘下の現役軍人と労働者で建設にかかった。

このとき、私の入党保証人も清津《チョンジン》市連隊の参謀長としてピョンヤンへ来ており、工事完成まで滞在していた。その間、私たち家族を気づかって激励してくれ、子供たちにも両親の学友という立場でなにかと気を配ってくれた。建設専門学校と大学の先輩、後輩など同窓生たちもよく訪ねてくれ、私や子供たちを励ましてくれたことが、この忙しさのなかでの楽しみだった。

彼らは支給されるお菓子をためておいて、子供たちにくれたり、地方からの支援物資が賞品として出ると、それをうちに持ってきてくれた。学校の整備工事に必要な木材、砂、セメントなど資材類を運ぶ仕事は、在校生に課されている。つまり、それは親がやらなければならないことなのだが、そうした作業も彼らが仕事の片手間に自動車に積んで運んでくれたりした。学生時代の友情の続きというには、もったいないほどの親切だった。

それなのに私は、彼らに背を向けたことになってしまい、ほんとうにすまないと思う。しかし、統一されて会えるときには、彼らも私のことを理解し、許してくれ、褒めてくれると信じている。ともに歩んできた日々を楽しく思い出し、語りあえると信じている……。

一九八一年、長男のヒョンは高等中学校を卒業して金策工業大学《キムチエク》に入学した。彼はピョンヤン市内の高等中学校の統一試験ではいつも一番をとっていたが、私は金策工大への進学をすすめた。

大学進学の推薦を獲得するには、全国的な判定試験を受け、その結果によって総合大学か金策工大かという具合に入学願書の提出先が決まる。ピョンヤン市内の学生たちは毎年、各種の記念日が近づくと、牡丹峰競技場での集団体操（マスゲーム）に動員され、勉強どころではなくなってしまう。市内の大学はあまりすすめたくなかったが、かといって、地方へ自由に行かれるわけではなかった。

その年、一九八一年に限って判定試験が実施されず、上級党もしくは教育委員会から試験官が派遣され、学生への面接試験を通じて成績順位を決めた。入学判定試験に際して、試験問題の漏洩《ろうえい》があったり、不正が横行していることから、対策上、これが最善の方法だと学生を直接面接するシステムを採用したのだった。面接のとき、シンウォン高等中学校の卒業班の学生全員が、うちの学校ではチョン・ヒョンが一番だと認めたようだ。

ヒョンは、希望どおり金策工大へ願書を出すことができ、入学試験ではその年の最高得点を獲得した。それでも合格通知書が届くまで、私は一〇年も待たされたような気がしていた。有力なつてを頼って早々と合格情報を入手できた学生や親は、天にでも昇った気分で舞い上がっていたが、私はどこにも問い合わす術《すべ》を持ち合わせず、ひたすら合格通知を待つだけだった。

待ちわびた合格通知をやっと受け取ったとき、私は泣いた。夫を失って以来、子供の前では涙を見せないで頑張ってきたが、この日だけは別だった。嬉しいから泣くのだと言うと、子供たちが、

「オモニ、まさか、うちの兄さんが大学に合格しないとでも思っていたんじゃないでしょうねえ」

と生意気な口をきいた。長男は、ついに首に巻いていた赤い少年団ネクタイを外す日を迎え

たのだ。この姿を一目だけでも見て逝《ゆ》きたい、と口癖のように言っていた夫を思うと、あとからあとから涙がこぼれた。

　私は子供たちに言った。

「ヒョンは必ず立派な大学生になるように。あなたたちはお兄さんのようによく勉強すること、アボジ、オモニのようにみんな大学生になること。そして、卒業してから立派な人間になったら、あの世のアボジもきっと喜びます」

　弟たちにとって、長兄のヒョンはまぎれもなく一家の柱そのものだった。母や父になり代わって、弟たちの学校の保護者総会にも参加した。グァンとふたりで弟の宿題を見てやり、私の代わりに「済み、母」というサインまでしてやっていた。そうとは知らない学校では、こまめに宿題を見てやっている母親ということで、私が模範保護者にされてしまった。

　グァンとヨンはそれぞれ中学校、人民学校に通っていたが、彼らも勉強、生活面どちらでもいつも模範生だった。グァンは相変わらず学校の少年団委員長をつとめ、ヨンは学級長になり、末っ子のナムは列の班長になった。彼らすべてがなにものにも代えがたい私の財産、わが家の財産だった。

　子供の成長は、夫がいなくなった後の空間を次第に埋めて、困難にも耐える力をつけてくれた。

よその家庭では、子供がいうことを聞かなくて手を焼いていると、親が嘆く話ばかりをよく聞くが、私の子供たちは、早くから聞き分けがよく育ち、手がかからなかった。

だからこそ、私はいっそう社会的に認められる人間になるのだ、技術的にも優秀な設計員になるのだ、母として本分を尽くさねばと心に刻んできたのだった。

勲章がいっぱい

国家に多大な貢献をして、数多くの勲章を授与された人のことを、俗に有功者という。北朝鮮で上映される映画には、必ず胸いっぱいに勲章を飾りたてた軍人が映し出される。これを見た韓国の人たちはよく言う。

「北朝鮮では勲章をもらいやすいんでしょう。あんなに胸にたくさんつけているんだから」

しかし、平凡な人間にとって、たった一個のメダルをもらうことが、北朝鮮ではどれほど大変なことか。勲章よりも等級が低いメダルでもおいそれとはもらえないのだから、勲章となるとすごいことなのだ。一番下の等級は一般人用が功労メダル、軍人用が軍功メダルであるが、これだって一般人がもらうのは簡単ではない。

なぜなら、勲章はただの名誉の飾りというだけではなく、授与された勲章の等級により定年退職後の月給（補助金）と食糧配給級数に大きな差が生まれるから、みんな必死にほしがるし、くれるほうでは厳しくチェックする。勤務年限が同じ四〇年を超えても、勲章の数が一つ足らないと、老後がまったく違ってくる。老後がバラ色に輝くか、灰色にかすむかは、ひとえに勲章の数によるのだ。

ふつうの勤労者が定年退職後に国から受け取るのは、よくてせいぜい三〇ウォンほどの年金補助金と一日当たり三〇〇グラムの食糧だ。それに対して、国旗勲章二級一個以上を含む合計で五個以上の勲章、メダルを持っていれば、食糧配給が六〇〇グラムと補助金六〇ウォン以上、一気に倍というように余裕が出てくる。

さらに金日成、金正日の表彰を受けたものなら、現役時代の職場の給料の七割に相当する額が保障され、食糧六〇〇グラムが配給される。「一号表彰受賞者」という称号とあわせて、あらゆる面で特別待遇を受けることになっている。

また将校や社会安全部員、国家保衛部員たちは年限により、自動的に勲章やメダルが与えられる。例えば、勤務年限五年未満は国旗勲章三級で、それ以上の場合は勲章も二級、一級と高くなっていく。それにつれて、老後もいよいよ輝くのである。

勲章やメダルは金日成、金正日の誕生日や、軍の創建記念日などに渡される。

私は合計で九個の勲章とメダルをもらったが、ふつうの人から見ると、想像を絶する数だ。

もちろん、私がそんなにもらったのは金日成や金正日が直接指導する一大プロジェクト建設に設計者として参加したからなのだが。

「金正日」表彰状というのをもらったのは、主体思想塔建設総括のときだった。制定されたばかりの表彰だったから、厳しい審査の末に当選者になったのだが、主体思想塔や凱旋門、金日成競技場建設に参加した三万八〇〇〇人の受勲者の中でも、この表彰状をもらった女性はふたりだけだった。昼夜を問わず私たち設計集団が一つになり設計をやってのけたのに、その中では私ひとりがもらったので、友人や同僚にはすまなさと、感謝の気持ちでいっぱいだった。

そのころ私が所属していた東大院《トンデウオン》区域では、最初の表彰者でもあったので、企業所ではこの表彰を大々的に祝ってくれた。

こうなるとまた、私のことは企業所の一般従業員として扱いにくくなり、中央レベルのある程度の有名な存在になってしまった。同時に、私にちょっとでも過《あやま》ちがあると、「『一号表彰状』の受賞者たるものがそれでいいのか」というひがみや妬《ねた》みもあり、何ごとにも神経を使わねばならず、精神的な負担になった。

それでも、これらの勲章は、亡くなった主人と子供たちに義務だけはきちんと果たしていますよ、と安心して報告できる証でもあった。

それでもまだピョンヤンにいれば、勲章をもらっているものは多いから、そんなに周囲から浮くこともなく、違和感も小さくてすんだが、のちにピョンヤンを追われたとき、勲章を一つもらうことがどんなに大変なことか思い知らされた。そして、これらの勲章や表彰状の恩恵を大いに受けることになった。

金日成から名前入りの腕時計、別名ネーミング時計をもらい、金正日の表彰状ももらい、彼らと一緒の記念撮影もしている私は、一般の人からみれば雲の上の人のような存在だったのだ。

それが今ではどうだろう。メダルは高等中学校の学生たちにも授与される。謁兵式《えっぺい》のときに、「赤い青年近衛隊」隊列に参加する小隊長以上の学生たちにも与えたのには、みんな開いた口がふさがらなかった。きつい労働現場で休みもなく、血みどろの汗を流して働いても、労働者にはおがむこともできない栄光が、いとも簡単に学生に配られたのだ。

しかし、そんな怒りも持続しなかった。なぜなら、勲章の価値が目も当てられないほど地に落ちてしまったからだ。食糧配給と月給がもらえない事態になってしまったのだから、勲章はただの鉄の塊にすぎない。

そんな時代を見越していたからか、人々は建設工事の竣工総括のときは、洋服地や他の贈り物、とくに「有償テレビ」引換券をなによりもほしがった。名誉と先の安心よりも、とりあえずの生活必需品が何よりも好まれるようになったのだ。

私にたくさんの勲章をもたらした主体思想塔は、思いもよらないプレゼントもしてくれた。この主体思想塔の建設が終わったあと、指導者の配慮により、私たち建設者は全国の観光地にある休養所に、三次に分かれて一二日間ずつ行かせてもらえたのだ。

私も生まれて初めて、東海岸の休養所、咸鏡南道利原《ハムギョンナムドイウオン》郡ハックサ大休養所に行くことができた。国防色の作業服を団体制服として着込んだ私たちは、行く先々で凱旋将軍みたいに歓迎された。ピョンヤンを離れてみると、あの困難を極めた作業の日々が、はるかな昔のできごとのように感じられた。

初めての地で、初めて知ることも多かったが、半農半漁のこの都市ではいまだテレビを全然見ることができないのに驚いた。海岸警備隊の使用する各種電波が、テレビの周波数に干渉し、激しい電波障害が発生するために画面が正常に出ないとのことだった。

テレビを何よりもほしがる人がいれば、テレビも見られない土地もある。北朝鮮もさまざまである。

国をあげて綱引き

その国の発展には、科学技術の発展が先行しなければならないのは、一般常識である。同時に科学者、技術者のはたらきを政府が正当に評価し、援助してこそ、より大きな成果も得られるのではないか。そんなことは誰でもが知っていることだが、北朝鮮ではそうではなかった。私は北朝鮮にいた技術者のひとりとして、この国の土木技術が低迷していることの責任を感じている。国の発展のために尽くそうと務めてきた私だったが、結局は井の中の蛙《かわず》のままで定年退職に至った。

なぜ、そんなことになってしまったのか。私たちには、海外の文献を読むこと、海外の建造物や工事を見ることはもとより、国内にいても十分な勉強ができなかった。外国書籍は国家検閲を通過しないことには、開いて見ることができなかったし、技術学習よりも何倍もの思想学習のために、いつも時間が足りなかった。思想学習総括は各分期、年ごとに行われ、ここで落第すると年間を通して批判の対象となった。しかし、技術に対する試験は三年に一次ずつ技術級数試験を受けるだけですんでいたし、これに落第したところで級数が上がらないだけで、なんの批判も処罰もなかった。

こんな調子だから、技術発展に対して何の神経も使わないし、かりに技術革新をして国家にいくら利益をもたらしたところで、本人には何の恩恵もない。もちろん、その技術革新が個人のものに帰することもないし、集団のものとして片づけられて終わりだ。

例えば、一九八七年に全国科学技術発表会が行われ、ある科学者とその集団が何年もかかって研究したテーマを発表して一位に選ばれた。中心になった科学者が一生をかけて研究してきた内容だった。ところが、受賞式で受け取った一等賞とは金日成著作集、金正日文献、教示お言葉ノートに万年筆、これで全部だった。この年は他に手提げカバンももらえたのだが、その中には中折帽が一つ入れてあったそうだ。それを見た人々はあざけり笑ったという。

「科学者のことを大事に考えているから、太陽の光に当たって、頭が悪くなってはいけないと中折帽をくださったんだなあ」

みんながほしくてたまらなかったテレビの配給票などは夢物語だった。いくらかの賞金もあったが、形式だけで、全額を企業所か上部に差し出さなければならなかった。残りがあっても、研究を手伝ってくれた人たちと食事でもすれば終わってしまう。

その反面、大学を卒業した金正日が最初に指導したのが文化芸術部であったからか、文化芸術人たちに対する配慮は格別だった。

一九八〇年代の初めに、金正日の発案指導のもと全国の文化芸術部、対外事業部、出版部、保健部などの体育大会が行われた。ハイライトは綱引き競技で、男女別に四〇人ずつでチームをつくって、勝ち抜いていく形式だった。決勝のときには金正日本人も参加したから、金日成競技場が割れるかのような応援の声に包まれた。

男女ともに文化芸術部のチームが一等賞をとった。金正日はその場で、一等のチームの全員にカラーテレビを一台ずつ賞品として与えるように指示した。

一生を捧げて研究した科学者の一等賞には手提げカバンだけで、八〇人の綱引き競技勝者全員に、数百倍の価値があるカラーテレビを与えたのだ。もっとも、この場合のテレビも、配給票、つまり、自分でお金を出して買えるという権利なのだったが。また金正日が絶賛した演劇『ソンフアンダン（城皇堂―守護神を祭るお堂）』関係者には名誉称号と贈り物多数が伝達された。

私たちの設計室に、真面目に仕事をしないお荷物男がいた。努力もしなければ、技術水準も低く、あらゆる面で人材として劣り、最後はクビ同然だった。ところが、この演劇団に入り、舞台の幕引きを担当した。その結果、彼は劇団の総括時にテレビをもらうことができたではないか。彼は得意満面、他の所員は絶望した。

それでいて、金正日いうところの「文芸復興の時代」を輝かせた五大革命歌劇が世に出てから、すでに二〇年の歳月が経ったが、次の歌劇というものが、いまだに日の目をみていないのに、いかなる責任も問われていない。これも解せないことだ。

一九八四年、金日成が東ヨーロッパ訪問を終えて帰国したが、多くの学生が彼を出迎えるために動員された。そして、花束を差し出したのだが、その九割が、将来の希望は芸術家になることだといい、科学者または技術者を志望したのはひとりもいなかったことを、心ある科学者たちは憂慮した。こうした傾向は、華やかなものにあこがれる子供の単純な夢だとは言い切れない深刻な現実を反映している。

親が、将来わが子供に就かせたい職業としてあげるのは、まず芸術家、外交官であり、それからドルや日本円といった外貨稼ぎ要員、ついで商店販売員、食堂接待員の順番だった。

南と北、同じ日に解放を迎えたというのに、朝鮮戦争後の南北間の経済発展の差は歴然としている。韓国で大学生たちが科学技術探究に真摯《しんし》に取り組んでいる姿を見ると、頭が下がる。それと同時に自分があまりにも価値のない技術者として一生を終えてしまったのではないか、という思いも消えない。

金正日が法律

私が南に来てから出会った人々は、北朝鮮には法律がないという。まともな法律があれば、あれほど多数の人が飢え死にするはずはないと疑問を突きつける。彼らにとっては、実に素朴な疑問らしい。私は、そのたびに、法律よりも何倍もの効力を持つ「将軍様の方針」について、どう説明すればいいのかとまどってしまう。

その将軍様の方針によって、私たちは一九八四年に、何の説明もされないまま住んでいた家を一夜にして奪われる破目にあっている。

それもそもそもは、当時は「親愛なる指導者」と呼ばれていた金正日が考え出したことだった。彼は、ピョンヤンに第一高等中学校を設立し、ここに全国の秀才をかき集め、国の科学技術発展に貢献できる人材を育成するという方針を発表した。方針の発表はそのまま決定であり、ゴーサインでもある。

金日成の親衛隊である工兵総局第一旅団が、建設を担当し、突貫工事が始まった。場所は、金正日が披露パーティーまでしたが、完成直前に火災に遭ってしまった「普通江贈物館」の跡地で、火災の後、そこは社会安全部軍楽隊のための建物が建っていた。そこが第一高等中学校になるのだ。

そのころ、たまたまわが家のあるアパートはその建物の真後ろに位置していた。窓を開ければ、普通江と遊園地が一望できるピョンヤン市民あこがれの場所にあるアパートだ。

第一高等中学校の建物が完成したのは一九八四年六月だった。

三ヵ月後、新学期を迎える九月に開校した。北朝鮮の全般的一一年義務教育制のモデル校ともなるもので、延《のべ》建築面積二万平方メートル。学生数一八〇〇。研究室、実験室、外国語講義室、音楽室、室内プールなどが整った最高の教育施設である。

全国から秀才を選抜するのだから、彼らを収容する寄宿舎も必要だった。しかし、校舎建設が優先されて、寄宿舎のことは念頭になかったらしい。全国の秀才が集められたにもかかわらず、彼らは寝るところもないのだ。そこで、どうしたかというと、一般アパートを寄宿舎として使うという案が浮上した。そして、白羽の矢が立てられたのが、私たちのアパートだった。

ある日の朝突然、世帯主は洞事務所に集まるよう連絡があった。例によって世帯主動員かと思って出かけると、そこで党中央の科学教育部からきたという某幹部から、思いもよらないことを告げられた。

「指導者同志の方針により、八階建てアパート全体を第一高等中学校の寄宿舎に使うことになった。アパートを二ヵ月で改造して寄宿舎にし、九月一日の新学期に間に合わせるのだ。ついては住人たちはどこかで一、二ヵ月間臨時に住めるように手配をしなさい」

「えーっ、そんなばかな」

出席者の全員が思ったが、口には出せない。そんな私たちの動揺にかかわらず、彼の演説は続いた。

「現在とりかかっている蒼光《チャングアン》通り二期工事が終了したら、そこの新築アパートに全員移転してもらうことになっているので、二〜三日以内に家を明渡すように。退去の速度いかんで指導者同志に対する忠実性をはかります」

私たちは「指導者同志の方針」という言葉に金縛りにあってしまった。しかし、貿易部に勤めているというひとりの住人が勇気を出して聞いた。

「蒼光通り二期工事の家が、本当にもらえますか」

「あんたはいったい誰に対し答えを要求しているのだ。そういう問いは、指導者同志に対する冒瀆《ぼうとく》だ」

その人は、たったその一言で指導者同志に対する絶対的信頼不足の罪を着せられて、地方へと追放されてしまった。

私たちアパートの全世帯が、一、二ヵ月だけの辛抱だ。それさえ耐えれば、夢の中でさえ手の届かない蒼光通りで暮らせるのだと信じて、家を明渡した。企業所、受付室、倉庫などの臨時の居所を必死で探して、煮炊き用の鍋釜などを運んだ。友人の住まいに無理をいって転がり込んだものも少なくなかった。みんな差し当たり必要なもの以外は、荷造りして親戚や友人に預けた。

私は、四人の子供とともに平川《ピョンチョン》区域にある私の実家に転がり込んだ。その実家というのが1

DKの狭さだ。そこに家族が一気に五人増え、全部で九人になったのだから、夜中に一度用足しに起きて自分のふとんから離れると、戻ったときには自分の寝場所は埋っていて、入り込めなかった。

一度にみんなが食卓につくこともできない。交替で食事をとりながら、「これも一、二ヵ月の辛抱よ。そのあとは、夢の蒼光通りよ」と言い聞かせていた。

ところが、一ヵ月が過ぎ、二ヵ月が過ぎ、半年が過ぎても、何の音沙汰もない。ついに、一年六ヵ月が過ぎてしまった。工事が遅れていたのだ。

ただ耐え忍んで、約束の履行《りこう》をひたすら待っていたこの間の各家庭の苦痛ときたら、なかった。食料倉庫を借りて荷物を預けた家庭では、ネズミによる被害に悩まされた。無傷な洋服が一着もなくなってしまった。家財道具なども倉庫の中で腐ったり、盗まれたりで、まさに踏んだり蹴ったりだった。それでも指導者同志の方針を信じて、ひたすら完成の日を待ち続けていた。

ついに待望の蒼光通り二期工事が完成した。住宅への入居が始まったのを見ながら、私たちにはいつ知らせが届くのかと、わくわくしていた。その間にも、どんどん空室が埋っていくようで、私たちは焦った。それでも指導者同志を信じて待っていた。

しかし、最後の一戸まですべて別の人が入居することに決まって、私たちはだまされたことに気がついたのだった。

それをどこにも訴えることはできず、蒼光通りの新築アパートに移転した中央党幹部たちが引っ越したあとの家、別名「履き古し」を黙ってもらった。ほとんどの世帯が、前の家より程度の悪い家を押し付けられた。憤慨した年寄りは、あちこちに訴えて出ようとしたようだが、徒労に終り、若い人たちは「指導者同志を煩わせた罪」に問われることを恐れ、何もしなかった。

私たちは幸いに革命家遺家族という立場から、楽園《ラグオン》通りの二〇階建てアパートに移ることができた。もちろん蒼光通りに移転した中央党幹部のお古だった。他の人に比べるとまだましな部類だと、あきらめるしかなかった。一九八五年一一月末、やっとの入居だったので、その年は冬用のキムチの漬け込みもできなかった。

住民を不安に陥れ、あくどいやり口で取り上げたアパートが変身した第一高等中学校の寄宿舎はがら空きだった。なぜなら、この学校に通う学生のほとんどがピョンヤン市内にいる幹部の家の子供だったからだ。といって、そこに一般人が入居できるかといえば、無理だった。アパートから第一高等中学校の内部が丸見えであり、いかに豪華な施設かが人民に知られてしまうことを恐れたからだ。

それにしても、なぜ金正日はそれほど性急に、第一高等中学校の設立を思いついたのか。それは、彼の出生にもかかわることのようだった。

　彼のもともとの名前は、金正日ではなく「キム・ユーラ」であった。出生地も白頭山密林にあった遊撃隊司令部の野営地ではなく、ロシアのある地域のロシア軍の兵営であった。金正日と一緒に南山《ナムサン》高等中学校で学んだ学生は、そんなことをみんな知っていた。勉強よりも女学生のあとを追いかけるのに忙しかったことも、よく知っている。同窓生の間で彼の不名誉な素行は公然のことだったのだ。

　しかし、指導者として浮上してくるにつれ、その出生は神話にすり変えられた。新しい歴史がつくられてみると、過去の高等中学校は嘘が発覚するかもしれない、目障りな存在になってしまったのだ。そこで、かつて彼が学んだ高等中学校を抹殺するために、この学校を思いついた、というのが、当時、人々の間に流れた説だった。

　いずれにしても、幹部の子弟が一般学校で平民の子と机を並べて学ぶと、困ることが多いのは事実らしかった。幹部の子弟たちの身辺を保護しなければならない、という口実もあった。そのため秀才教育に名を借りて、第一高等中学校を設立したのだ。

　ここでも、この国が階級のない国を目指しているわけでも、労働階級のための地上の楽園でもなくて、ただ幹部だけのための地上の天国であることを人々は思い知らされた。ふつうの人々はなんの要求もできない、単なる生産道具にしかすぎないのだ。あとは自分の身の上をひたすら恨んでいるだけしかない。

ところで、住民にこんな迷惑までかけた学校だったが、開校から一、二年間は確かに秀才もいたようだ。が、いつのまにかいなくなって、現在は、秀才のための学校ではなくなり、政務院傘下の各部（省）の副部長クラス以上の子弟専用の学校になっている。つまり、一九六〇年代の南山高等中学校の役割を肩代わりしている。

それというのも、金正日が自分の通っていた南山高等中学校を跡形もなく壊してしまい、彼の過去を知る同窓生たちには、さまざまなレッテルを貼って地方に追放したり、処刑してしまったからなのだ。

万景台革命学院

万景台《マンギョンデ》革命学院は、北朝鮮で最高の精粋分子、つまり、いかなるときでも金日成、金正日に命を捧げる親衛隊、近衛隊を育てる特殊教育機関である。祖国解放の八・一五解放後、金日成、金正淑とともに満州で抗日闘争に加わった戦友の子弟を、革命の核心として育成するために設けられた学校だ。

北朝鮮で最初に金日成の銅像を建てたのもこの学院だ。場所も金日成の生家がある万景台にある。金正日も一時この学院に通っていた。まさに抗日闘士たちの子孫、党中央の部長級以上の子弟、対南工作員たちの子弟が学んでいる学校だ。しかし、時代の流れとともにこの子弟たちの源泉が細りはじめ、一九八五年には新たに社会主義建設に特段の功労を打ち立てて犠牲になった家系の子や、金日成に革命家と呼ばれた人たちの子弟も入学対象に加えられるようになった。したがって、私の子供もその対象者となった。

学院は全六年制課程で、人民学校を卒業した後、中学校の課程から勉強する。のちには金正日が学制を二年延長させて、ここを卒業したら、即軍官の資格を与えよと指示している。私の長男はすでに大学生で、次男も軍事専門学校に通っていたため、三男のヨンが入学の対象者になった。

革命学院の学生は、将軍服を制服として着用する。その制服のズボンと帽子に赤線が引いてあり、肩章には「革」の文字の標識をつけ、まぶしいほど凛々《りり》しく見えた。その制服にヨンが身をつつんで、革命学院生活を送るということは、私たちの家庭をまぎれもなく革命家遺家族として広く知らしめることとなった。

中学一年から半軍事教育を受けるのだが、学生たちの訓練は実に行き届いていた。ここには学生数と同じ人数の教育、生活指導担当スタッフが配置されていた。施設も群を抜いて素晴らしく、彼らが受ける待遇のすごさに目を見張った。なにしろ将来は人民軍将官級、それも少将以上の地位が約束されているのだ。彼らに党がどれほど大きな期待を寄せているかの表われである。

ヨンもそうしたことをよくわきまえていて、大きな志を抱き、家門の名を輝かせる役割を果たそうと心に誓っていた。そして、つねに最優等生として、家にはその度に表彰状が送られてきた。

すでに二年制の軍事専門学校を卒業した次男のグァンは、人民武力部技術総合大学に推薦された。彼は軍事専門学校で千余人の学生の頂点となる大隊長を務め、しかも実力は一番だったので、最後は上等兵の軍事称号を受け、軍服務のコースから除外され、そのまま大学に進学することになった。まったくの特殊ケースに該当するのだが、それもこれもふだんから彼が汗を流して、自分の力で培《つちか》った実力と度胸を信任された結果だった。

未来の将軍を目指してグァンが初めて軍事大学の制服に身をつつんだ日、私は生前の夫が使っていた制服を、グァンとヨンのふたりの子供に手渡した。ふたりが家を出て行った日、わが家庭は人民軍の留守家族の仲間入りをした。

夫の兄は、甥たちが立派に育ったのをことのほか喜んでくれた。行く先々で弟の嫁自慢と甥自慢をした。ある年の夏休みには、ヨンを連れて病院中を自慢して歩き回ったし、夜眠るときもこの甥の頭を撫《な》でて離さず、とうとう一睡もしなかったほどだ。義兄は、子供たちにとってはいなくなった父の空間を埋めてくれる伯父であり、私にとって、義父のようでもあり、夫のなり変わりでもあるような大事な存在だった。義兄の妻も私をまるで実の妹のように、娘のように親身になり世話してくれた。

四男のナムも、革命学院に入る機会はあったが、母をひとりぽっちで置いておくわけにはいかないと、家から通える学校を選んだ。母親が障害になってあこがれの学院にも行かれなくなったのだが、一言の不平不満を漏らすわけでもなく、私のよき話し友達にもなってくれた。

夢の留学

金策《キムチエク》工大二年に在学中の長男ヒョンが留学生に選抜された。

一九八四年に金日成は夫人の金聖愛《キムソンエ》、息子金平日《キムピョンイル》を同行し、党と政府代表団を率いてヨーロッパ社会主義諸国を訪問した。そのとき、各国の科学技術水準の高さに驚き、北朝鮮がどれほど遅れているか気づいたのだ。そこで科学技術の習得のため、優秀な大学生を留学に出すことを決めた。

五〇年代末から六〇年代初期に留学に送り出した多くの優秀な人材を、修正主義の水に染まってしまったとか、また「保守主義者」「技術神秘主義者」の罪名を着せて地方に追放し、小さな工場の警備員やボイラー工の仕事しか与えなかったのだから、技術が遅れるのも当然だった。

今回はあらためて主体《チュチェ》思想教育をしっかり強化して、留学先で修正主義や事大主義の色に染まらないように教育して、派遣することを決めた。大学三年生で、出身成分がよく、成績優秀、健康で身長一七〇センチ以上の男子を一九八五年から留学生として選抜した。

予備面談と数次にわたる試験、面談、出身成分調査を通じて選抜されたグループに、長男のヒョンが入ったと知らされたときは、想像もしなかったことなので非常にびっくりした。国内の大学に入学したことすら身に余ると考えていたのだから、留学生になるとは、まさにわが家門の誉《ほま》れだった。行き先は当時のソ連だった。

たとえ留学先はソ連、東ヨーロッパの国に限られていても、一万人の中から選ばれる精鋭、このときも夫が健在だったらどれほど喜んだろうか、と胸がしめつけられた。

留学生は、出発前に六ヵ月間の徹底した主体思想教育を受ける。留学先の国に行ってからは語学研修を修了して、大学一年からスタートする。ただし、国の外貨事情がきつかったことから、人数の多いソ連行き留学生の場合は、事前にソ連から北朝鮮に三人の女性教師を招いて語学研修を受けた。この語学研修でもヒョンは学生の総責任者として、ロシア人女性教師からも信頼され、語学の習得も抜きん出ていたようだ。

留学に出発する前、わが家に金策工大のクラスメイトを全員招待し、夕食会を行った。その席で彼らは、口々に言った。

「ヒョンはぼくら学生仲間から補助教員と呼ばれているんですよ。彼がいなくなったら、語学学習のクラスのレベルが下がってしまうなあ。全科目の課外指導も弱くなって困ってしまいますよ」

「彼がいなくなると、実力が全般的に低下していくのはわかりきったこと。これから先、ずっと留学でいなくなるかと思うと、残念です」

「でも、わが祖国の技術発展のために、外国でいっぱい勉強してきてくれるんだから、ぼくらも負けないように頑張らなきゃ」

彼らの言葉に重ねて、私もその夜、彼に必ず立派な人間になって戻ってくるようにとくどいほど頼んだ。

「ヒョンや。肝に銘じとくのよ。首領様も、党もお前のことを見守っているからね」

「どこに行っても、お前は主体の国の息子として恥ずかしくないようにふるまうのよ」

「きっと立派な科学者、技術者になって党のもとに、お母さんのところに戻るのよ」

ヒョンの決意も立派だった。

「期待に添うように頑張ります」

「勉強でも、生活でも必ず一番になりますから」

「ぼくは大きな人物になって、立派な人間になって、ぼくたち兄弟のために大事な青春をすべて捧げたお母さんを楽にさせます」

そして、一二歳になった弟ナムに言った。

「ナム！　おまえの任務がすごく重くなったぞ。兄さんはおまえを信じて、おまえにオモニ（お母さん）を預けてうちを出発するんだからな。何とか兄さんたちの分まで、みんなが戻ってくるまでオモニのことを頼んだぞ」

ナムの贈る言葉も健気《けなげ》だった。

「兄さん、家のこと、オモニのこと、何にも心配いらないから、体に気をつけて、立派な働き手になって帰ってきてください。わが家では大きい兄さんはアボジ（お父さん）の代わりですから」

ふたりはしっかり抱き合って、顔をこすりつけながら、必ず互いに約束を守ろうと誓い合っていた。

出発三日前には各種生活品、衣服などを旅行者商店に行き、買い求められるように国が手配してくれた。初めてふれる高級洋服とコート、旅行用カバンに、栄光の留学生全員が舞い上がった。国内の大学生などは夢にも見ることのできない衣服などを買えるのだから。

私たちのアパートの下は、たまたまその旅行者専用商店だったが、それまでは足を踏み入れたこともなかった。他の学生もわが家にあがりこんで試着したり、うれしさと栄光とにアパートの階段を上ったり降りたりしながら無邪気にはしゃいでいた。この大騒ぎに、私は、アパートの住民全部が彼らを見て怒るんじゃないかと心配したが、逆に羨ましがられ、温かに見守ってくれていた。

のちにヒョンが、休暇で帰国したとき、「祖国が与えてくれた洋服ですよ。保管をきちっとしなさいよ」と、私は心がけについて話した。しかし、彼は私が想像もできない言葉を返してきた。

「ああ。でも、こっちで買って行った服は、質が悪すぎて、ソ連ではとても恥ずかしくて着て歩くことなどできないんですよ。コートも薄っぺらで防寒の役には立たないし」

あんなにうれしく、ありがたく手に入れた衣類だったが、そういうので、私は呆然《ぼうぜん》とした。ヒョンは間の悪そうな笑いを浮かべるだけで、それきり留学のことも何も話さなかった。

出発の日、私たち家族は、義兄の勤め先の病院救急車を借りて、みんなでそれに乗って飛行場に見送りに行った。大雨が降っていた。空港の待合室で何枚か写真を撮った。人も羨む留学に送り出すというのに、私は息子を永遠に失ってしまうかのような気がして、涙を流していた。

グループの引率責任者であるヒョンは、そんな私に何度も駆け寄ってきて涙を拭《ぬぐ》ってくれては、「きっと立派な人間になって戻るから」と約束した。出発間際に末の弟ナムに念を押した。

「ナムよ！　これで世帯主をおまえに引き継ぐぞ。家を離れている兄たちと亡きアボジの代わりにオモニをしっかり頼む。おまえを信じているから安心して家を離れられるんだからね」

ともに強く強く抱擁を交わし、いつまでも離れようとはしなかった。

飛行機の搭乗口が閉まり、滑走路を走り出すと、私は何もない空間にひとりで置き去りにされたような感じがした。どんなに大きな志を抱いて、素晴しい世界に旅立っていくとしても、離別に違いはなく、寂しさが身にしみた。

六人の家族でひと部屋に重なり合って暮らしていた日は、遠くなってしまった。三つも部屋がある家に残されたのは、私とナムだけ。すっかり広く寂しくなった家で、彼らは必ず期待に応えることだろうと信じ、優秀な子供たちにふさわしい母親にならなければと、私は自分を戒めた。

出発からしばらくして、長男からモスクワに無事到着したこと、目的のウクライナ、ドニエプル工大に行く前に、ハリコフ総合大学で二ヵ月間補充の語学研修を受けることになった、ということなどを手紙で伝えてきた。

そのときから、家を離れた三人の子供に手紙を書くことが、私の幸福のすべてのように感じられた。そして、この年の九月、末っ子のナムがピョンヤン第一高等中学校に秀才として選抜された。

胆の太い将軍

第一三回世界青年学生祭典が、ピョンヤンで開催されることになった。これは、一九八八年のソウル・オリンピックに対抗し、北朝鮮が国の威信をかけて誘致、開催することになったものだ。この祭典のために万景台区域のアンコルにスポーツセンターを建設するように指示が下った。

何通りものプランが作成され、金正日に提出されたが、スポーツセンターの規模や場所は、私たちが記念の贈り物として製作した都市模型を参考に決められたものだった。

毎年、金日成、金正日の誕生日となると全国的規模で記念品贈呈行事が繰り広げられてきた。私たちの設計事務所は、ピョンヤン市の総合都市計画模型を製作し、贈り物とした。これは市内中心部を模型にしたのだが、既存の建物や施設などと、これから年次別に建設される建築物とがすぐに識別できるよう色別になっている。例えば、現存建物は白、五〜一〇年以内に建設されるものはピンク、それ以後は別の色という具合だった。この都市模型の製作には、事務所の設計員八〇人以上が三ヵ月以上もかかりきりになった力作だった。
強力なスポーツセンター建設推進母体となる中央建設指揮部が、次のように組織された。
総政治責任者　張成沢《チャンソンテク》（金正日の妹婿・党組織指導部第一副部長）
行政責任者　康希源《カンヒウオン》（副総理、ピョンヤン市行政経済委員会委員長）
技術責任者　尹炳権《ユンビョングオン》（ピョンヤン市建設総局総局長、労働英雄）
各分科別責任者には政務院傘下の部、委員会の副部長、副委員長クラスが就いた。各道では建設総局長、副総局長たちが連隊長になり、ここでもまた完全な軍事体制のもとにすべての組織が束ねられていった。
技術監督分科委員長　金河鍾《キムハジョン》（国家建設委員会副委員長）
設計分科委員長　姜処煥《カンチョファン》（ピョンヤン市党建設書記）
私たちは設計分科に所属して、技術監督分科の審査、批准を受け持つことになっていた。
私たちの設計事務所からは技師長が責任者に、初級党書記が政治責任者に派遣された。そして、各分野別に現場設計室が設けられた。
私たち土木技術者たちは、最初、光復《クアンブック》通りの道路幅を六〇メートルに想定した企画書を金正日に送った。スポーツセンター建設にかかわる案件はすべて側近中の側近である張成沢を経由して金正日の承認を得る。もちろん、金正日本人は人民経済の全部門の問題、国のあらゆる案件すべてを報告させ、承認を下すから、当然のこと案件決裁が滞《とどこお》る。提議書の批准を受けるのに何ヵ月もかかる場合がほとんどだった。しかし、ことスポーツセンターの建設に関する案件批准は、張成沢が直接提議するから結論が出るのは数日内と速かった。

スポーツセンター建設指揮部は、名称を光復通り建設指揮部と変更した。道路幅が決まらないと全ての建築物の設計が進まないから、これだけはとくに承認が急がれていた。すでに私は金日成の母の里にあるチルゴル橋の設計を担当し、橋の幅は六〇メートルとして構造計算をしてあった。しかし、数日後、金正日から次のような指示が下された。

「われわれの設計者には大胆さが足りません。みみっちいです。首領様の故郷の家まで達する光復通りの道路幅は世界で最も広い一〇〇メートルにしなさい」

張成沢は「胆の太い指導者同志」、「忠孝の領導者」のすばらしい風貌について絶賛し、それにふさわしい規模の道路を作るべきだというのだ。私は耳を疑った。人民経済成長率はマイナスに転落していて、人民経済計画も数次にわたり二年、三年と延長させながら、それさえも完遂できないでいるというのに、一〇〇メートルの道路を作れというのだろうか。

さらに金正日は、光復通り建設費用は「主席口座」を使うように指示した。主席口座といえば、優先的に無条件に無尽蔵に必要な額を引き出すことができた。

ピョンヤン市には高麗《コリョ》ホテルをはじめホテルは数多くある。大劇場、芸術劇場も多い。だが、ホテルはたくさんあっても国内の人民は出入りすることも、使用することもできない。宿泊客はほんの少しの外国人と海外同胞たちだけで、ほとんどが空室だ。五大革命歌劇が出現した後、他に見るべき大河作品もなく、大劇場もやはり休館が多い。にもかかわらず、光復通りにはホテルと劇場をもっと多く建設しろという指令も出た。

現実の経済はマイナス成長であっても、こんな指令が出るのだから、これだけの建設ができる国なんだから、北朝鮮は財源もしっかりしている金持ちの国だろうと考え、指導者同志にはもっとたくさんの資金があるのだろうと人はみな信じた。だからこそ、首領様に最上の喜びを差し上げ、忠誠を尽くそうとしたし、胆の太い指導者同志の指導を受けているのだから、怖いものなどないと考えていた。

スポーツセンターの建設と同時に水泳、各種球技、体育館やすべての文化厚生施設、ホテル、高層住宅の工事も着工となった。またもや全国から数多くの突撃隊員が上京してきた。人民武力部、社会安全部をはじめとする政務院傘下の各部突撃隊員も組織された。各設計事業所では、再び設計員を選抜して現場に派遣する措置が取られた。

このときに誕生したこの二つの通り、金日成の生家から万景台までの万景台区域を貫く光復通り、スポーツセンターを突き抜ける青春《チョンチュン》通りは、現在もピョンヤン一の通りといわれている。

主体思想塔の完成後、私が関与した設計は、大同江に架けられた羊角橋《ヤンガク》、革命烈士陵で、今回は体育館設計に加わることになった。体育館の発注主が朝鮮体育指導委員会だったので、設計場所としてピョンヤン市体育館の一部が提供された。いうまでもなく、私が関わった建設物としては最大規模のものだ。これによって、万景台区域のチルゴル協同農場の敷地全部が道路と住宅区画に変貌してしまった。土木技術者のひとりとして、光復通りと青春通りの建設を振り返るとき、私はほんとうに大きな自責の念にかられる。

軍人にして建設労働者

光復通り建設には、例によって軍人が大量に動員された。ピョンヤン曲芸劇場と数多くの住居と劇場、道路、全体工事を軍人建設者が請け負った。これまでも元山《ウォンサン》―ピョンヤン、ピョンヤン―南浦《ナムポ》高速道路、西海《ソヘ》閘門《カンムン》などの建設に大量の軍人が投入されたことは周知の事実だ。

ピョンヤン市の地下鉄も社会安全部傘下の共和国軍人（別名警備隊）が建設した。それぞれの建設で軍人たちの果たした功績は祖国の歴史に長く輝くだろう。

ピョンヤン市の地下鉄戦友《チョヌ》駅（牡丹峰区域）は建設のときに、突然あふれ出た地下水を自分の体で止めようとした戦士が、「戦友よ、わたしの体がたとえコンクリートの中に埋ってしまっても決して工事を止めてはいけない」と言って、一命を投げ出したエピソードにちなみ、「戦友」という駅名がつけられた。

血気にはやり、国を守るために祖国聖戦にたち上がり、建設工事の中で命を落としていった戦士たちの数は、いったい何人を数えるのだろうか。西海閘門建設にどれほど高貴な命の代償が支払われたか、ここだけで八〇人もの軍人に共和国英雄称号が与えられたことが雄弁に物語っている。

建設工事現場で死亡した人の家族には「戦死者家族」称号が出されるだけだ。ただ、政治的には革命家遺家族に次ぐ評価になり、万が一、父親が戦死すると子息は革命学院にも入学できるし、入党も楽になり、昇進にも有利だ。

私が設計したアンコル立体橋とは、ピョンヤン―南浦高速道路からアンコル・スポーツセンターに入る四つの立体橋だが、これは人民武力部工兵局傘下の道路旅団が担当した。西山《ソサン》サッカー競技場は人民武力部建設局傘下の軍人が引き受けた。

本来、橋梁の施工というのは、一定水準以上の専門技術を持ったものでなければ任すことはできない。それなのに大部分が高等中学校を卒業したばかりの幼い戦士で、技術者といわれるものでも、軍事用土砂道路を建設する程度の技術しか持ち合わせない軍人ばかりだった。当然、橋梁用語一つ満足に知らない。それにもかかわらず、無条件で「わかりました」と言わせてしまう軍の体質は、設計者である私に、実に大きな試練を背負わせてくれた。

いうまでもなく、軍事大国の北朝鮮は、軍人の数は多く、なにかにつけて少なからぬ人員が建設に動員される。彼らが軍服を着ていない、建設に動員された一般人であれば当然、応分の月給を支給しなければならない。しかし、軍服を着た建設者には一ウォンの月給も払う必要がないのだ。なぜなら月給は軍が払うからだ。

といって、どこが払おうと、そのもとは人民の血と汗の労働なのだが。

それはさておき、人間の頭脳の発達には時期というものがある。頭脳がいちばん発達する時期は一七歳から三〇歳の間だといわれるが、その時期にこの国では見境なく建設現場に送り込むのだ。しかも何の報酬も与えず、技術習得の機会も与えず、軍服に身をつつんでいることを栄誉と思わせて、ただ生産道具として、生産力としてのみ酷使する。

故郷の何も知らない親たちは、息子は栄誉の祖国防衛の哨所で頑張っているものとばかり信じている。実際は、彼らは建設工事現場で重労働に投入され、無報酬の労働者として働いている。そして、もしも、いったん有事となれば、彼らは銃を持たされ最前線に送られていくのだ。

背骨もまだしっかり固まっていない子たちが、重労働に駆り出されている姿を目にすると、まるで自分が罪を犯しているような精神状態になり、この子たちの親に謝りたいと思った。みんな私の子供たちと同じような年の子なのだ。将校や下士官たちの号令にいじける彼らが私はいつも気になっていた。

殴られている場面を目撃することも多く、私は政治委員を訪ねて、やたら体罰を加える上官を処罰するよう申し入れないではいられなかった。そして、せめて私にできることとして、この子たちに優しく対応しようと努めた。それだけのことなのに、工事現場に出て行くと、「やさしい設計員のオモニ」と彼らに歓迎された。

私はできるだけ、彼らの名前を覚えようとし、「ヨンチョルくん」「スンギルくん」などと呼びかけた。彼らも親しんでくれて、両親へ書いたばかりの手紙を読み聞かせてくれたりした。

「オモニ、軍隊というところは上部に絶対服従です。上官たちをうらんではだめ。怒られたり罰をくらうことはすでに鍛練できてます」

と、言って笑った幼い戦士たちの顔を、今も鮮やかに思い出すことができ、思い出すと、目頭が熱くなる。

ある日、昼食をとるために兵士が集まっているところへ、きゅうりとなすを積んだ運搬車が到着した。その車には下士官三人が乗っていた。暑い夏の日だったので、きゅうりはいかにもおいしそうに見えた。若い兵士が、もの珍しそうに車のまわりをぐるっと回って見た。そのときだった、車台に乗っていた下士官のひとりが、

「こら！　乞食やろうどもが。きゅうりも見たことがないのか」

　と怒鳴り、きゅうりでその兵士の頭を思いっきり叩いたのだ。きゅうり以外の何かも手にしていたのだろう。殴られた頭から血が出てしまい、彼は涙を流しながら仲間の兵士の中に戻った。一部始終を目撃した私は、あまりに腹が立ち、われを忘れて、

「ちょっと、あんたには弟がいないの。きゅうりを見たぐらいで、こんなに怒ることないでしょっ」

　と食ってかかった。すると、

「オモニ、私も兵士時代はそんな侮辱《ぶじょく》を受けています。悪いくせは、早いうちに徹底して直さなければいけないのです」

　とうそぶくのだった。

　こんなことは、たまたま目にしただけだが、陰ではもっと陰湿な体罰がはびこっており、無報酬で最低限の食事を与えられるだけで、ひもじい思いをしながら重労働に縛りつけられている若い兵士たちの姿に、暗澹《あんたん》とした気分になった。

　私が口を挟んだことは、すぐに旅団に報告された。早速、政治担当者がやってきて、私に警告した
「設計者同志。軍人の規律生活に干渉しないでいただきたい」

「官兵一致」と空っぽのスローガンをふりかざし、「軍民一致」、党員と社労青員は一丸となっているという「党社一致」と歌にまで歌わせているが、実態はそんなものとはほど遠いものだった。

冬になれば、寒さと空腹のあまりに、凍った明太（乾燥スケソウダラ、朝鮮独特の保存食）を火にくべて六尾も焼いて食べて死んでしまった兵士がいた。飢えた体に、まだ凍ったままの魚が入ったために、一気に体調を壊したようだ。真正面からきた車を避けようと飛びのいたつもりが、脚力が弱くてそのまま倒れて死んだ兵士もいた。電気の専門知識もないのに配線作業をやらされて感電死した兵士もいる。

長期間の建設工事で事故死が続出したにもかかわらず、指揮官のなかで誰ひとり、処罰を受けた例がないという無責任な軍の規律、何の責任も負わない人民軍、これが最高司令官の軍隊の実態だ。冬になっても冬服はなく、兵士は夏服のまま過ごしていた。厳冬には綿入れ服を貸し借りしてしのぐが、そんな彼らに与えられる最高の栄誉というのが、労働党への入党と軍功メダル、これがすべてなのだ。

いっぽう、有力な家庭出身の兵士には、親が支援物資をたずさえて訪ねてきていた。力のない家の子弟たちは、羨ましがって指をくわえて見ているだけ。そんな気まずい関係のなかでも、兵士は工事の最後まで重労働で一日が明けて暮れた。彼らが栄誉を手にして帰郷し、学校に行ったり、親子きょうだいが一つ屋根の下でだんらんするのはいつのことだろうか。

石鹸で橋を磨く

北朝鮮で成功している農場や、音を立てて機械が稼働している工場があるとすれば、それは例外なしに将軍様が視察に訪れた場所である。将軍様が視察された場所は、その賢明なる直接的指導により、画期的な奇跡がもたらされるのだ。それらの生産単位には必要物資や資金が最優先的に保障され、現地指導の前にはすでに事前準備作業と称して、あらゆる手が加えられるからだ。建設関係者にとっても、自分たちの建設現場に将軍様、あるいは指導者同志にぜひいらしていただきたい、というのが最大の願いである。

視察当日はきわめて少数の幹部何人かだけが接見を許されるが、その他の従業員は身辺安全上、遠ざけられてしまう。そして視察先までの道中、すべての条件も最高に保たれる。

光復通り建設現場にその栄光の日がやってきた。親愛なる指導者同志、金正日が視察に来るのだ。数万人の人力と若干の機械とで道路路盤が完成し、建物工事がほぼ終わりに近づいたころだった。

この通りには六ヵ所の横断地下歩道と一ヵ所の地下車道の建設が進められていた。この時点で深さは四メートル以上掘られていた。だが、組み立て部材が間に合わず、道路は横断地下歩道に掘られた溝がそのままむきだしになっていた。

しかし、指導者同志が現地視察にこられるのだ。忠誠と忠孝心の厚い張成沢は、「人民のために、日夜苦心されていらっしゃる指導者同志を、地下歩道用の溝ででこぼこになった道路のために回り道させることはできません。夜を徹して溝を全部埋めよ」と言ってきた。

その指示に従って溝はすべて埋められた。そして、一般の建設関係者はすべて見えないところに遠ざけ、何人かの中央指揮部スタッフたちだけを連れて張成沢がみずから現地視察に立ち会ったのだ。一〇〇メートルの幅を有する大通りと橋、完成なった建物を見て指導者同志は大満足された。

視察が終わると同時に、またすぐに徹夜で埋め戻した溝を人力で掘り返した。私は、こうして再施工した工事費用をどのように計算するのかと聞いてみた。すると、

「一号行事をやってかかった費用に、今回の分もそのまま組み入れなさい」

かくて、光復通りの地下歩道の建設費用は他と比べると平方当たり一・五倍以上も高くついた。

アンコル立体橋がほとんど完成しかけた、またある日のこと。私が工事現場に出かけると関係者総出で橋の路面、欄干《らんかん》、縁石を石鹼で洗っていた。何ごとかと思って聞いたら、すぐに指

導者同志が現地視察に来られるという。

兵士は洗濯石鹼もろくになくて自分の服も満足に洗濯できないというのに、道路の縁石を石鹼で洗うとは。橋の上は室内用箒《ほうき》で掃き、きれいな雑巾《ぞうきん》で拭いて浄めてあったから、その上に食べ物が落ちても拾ってそのまま口に入れられた。

指揮官たちは新品の軍服を着こみ、時計を見ては今か今かと待ち受けていた。そして、それらしき幹部乗用車が見えるたびに「気をつけ」に姿勢をただし、車が通りすぎてしまえば、「やすめ」をしてやりすごし、この繰り返しで夜になってしまった。待ちくたびれているところに、指導者同志のお言葉が伝えられた。

「私が多忙のために行けなくて、代わりに武官をやらせたのですが、軍人建設者諸君、ごくろうさんでした。橋がよくできています」

指導者同志が急遽、視察に来られるというから、あれほど必死に準備したのに、一言の慰労の言葉で終わった。

竣工式には金日成、金正日父子が出席した。そして、ねぎらいのお言葉があったということで旅団長と技術部旅団長は英雄の称号を受けた。また少なからぬ軍人たちに勲章とメダルが授与された。

人々はあらゆる犠牲を払って建設に邁進し、不満も不平も苦しみも鬱積《うっせき》していったが、将軍様の感謝の一言でからめとられ、限りない栄光を感じ、純真な人民に成り下がってしまうように教育されていた。

そういう私も彼らと同じで、それで幸せだと自負していた。

乞食同胞

私たちが設計した設計図面にゴーサインが出るまでには、面倒くさい手順を踏まなければならなかった。まずは設計事業所で、所長をはじめ一二人の関係者の署名をもらい、それをつけて市建設委員会に提出する。次に市建設委員会審査課を経て、国家建設委員会の該当審査局に提出される。そこで担当審査者の署名を得たあとに、国家建設委員会委員長の批准と公認を受けるのだ。この批准と公認を得てはじめて効力を持つ。

しかし、スポーツセンターと光復通り関係の一連の建設については、国家建設委員会が現地審査を行い、すぐに現場に図面が出された。建設の構造審査は咸興《ハムン》運輸設計事業所の審査責任技師が担当したが、その人は北朝鮮で数少ない建築の一級設計員のひとりで、橋梁技師だった。

彼シン・ヨンピルは、一九六一年に北朝鮮に帰国した在日同胞だった。専門知識について優れ、大変に博識であり、審査員である前に私たちの先生だった。日本の土木技術や規定物がたくさん使用されている北朝鮮で、彼は唯一の日本書籍の翻訳者でもあった。私たちに多くのことを教えてくれ、逆に、生活上で不便なことは、私たちを信用して率直に援助を求めたから、とても親しくなった。

一九五九年一二月からの在日朝鮮人北朝鮮帰還事業により帰国した同胞のことを、帰国者という。新潟を出発した第一次帰国船で同年一二月一六日、清津港に到着した九七五人が、最初の帰国者である。

帰国者の中でも、親戚が日本に残っている人たちは日本の親戚から経済的支援を受けて、一般の北朝鮮住民よりもはるかにいい生活をしていた。また彼らの中には朝鮮総連の活動家の子弟もいれば、商工人の子息もいた。いずれにしても、日本に残っている家族や親戚が北朝鮮政府に、どれだけ現金の寄付や贈り物をできるか、その程度によって帰国した人の待遇が違っていた。

国に多額のお金を寄付すれば、労働党員にもなれるし、党職員、社会安全部員にも、行政職にも就くことができる。在日同胞が祖国を訪問したとき、帰国者の親戚に日本円を渡してあげれば、それだけ楽な暮らしができる。日本で取得した技術も評価してもらえる。が、高い技術を持っていて、有能でも、お金がなかったり、政府に献金する額が小さいと、能力を発揮できる場が与えられず、暮らし向きは楽ではないようだった。

気の毒なことに、第一次帰国者は、「共和国に帰ればなんでも揃っているし、すべて与えてくれるから大丈夫」という言葉を信じて、財産も何も持たずに帰国したり、多少なりとも所有していた日本の商品を「資本主義の国の商品」だといってすべて処分してしまい、身体一つで帰国した人が少なくなかった。これらの人たちは今、最下層の生活を余儀無くされている。この人たちは通称「コジポ（乞食同胞）」と呼ばれ、蔑《さげす》まれている。

審査員シン・ヨンピルの場合も、不幸にも親戚が日本に残っていないようだったし、妻ももともとの北朝鮮の人だったようだ。そのために、党や国に取り入るような豊かな援助を期待することはできなかった。

光復通り工事については、シン・ヨンピルの知識や技術が、大きく貢献した。だから、中間総括のとき、彼はひそかに期待していたようだ。せめて有償テレビの購買票をもらうことができるのではないか、と。

しかし、彼がもらったものは国家勲章三級だけで、ひどく落胆していた。咸興にいる妻と娘から「仕事を終わって帰るときには、きっとテレビ票をもらってきてね」と、期待されていたというのに。

一九八八年、在日同胞の祖国訪問団が光復通りの建設を見学にやってきた。このとき、シン・ヨンピルはとても喜んで、同胞訪問団の人に日本の親友への連絡を託した。彼は、日本には親友が大勢いるといって、とても懐かしがり、私たちにも友情についてよく話していた。

その日からずいぶん時間が過ぎてしまったが、親切な訪問団員は、シン・ヨンピルの友人を捜し当てて、彼のことを伝えた。友人たちは、それぞれ会社を経営するなど社会的にも一定の地位を築いていたので、北朝鮮での親友の窮状を知ると、連絡をとりあい、協力しあって、すぐにも援助の手を差し伸べることになった。

友人は国際電話で、シン・ヨンピルに「必要なものはすぐに送るから、なんでも言ってくれ」と言ってきた。北朝鮮の国際電話が、当局によりすべて盗聴されているということを、友人は知らなかったようだ。

シン・ヨンピルは、あいまいな近況報告をして、「北朝鮮には何でも揃っているから心配するな。なんなら酒代でも送れよ」としか言いようがなかった。社会主義地上の楽園、北朝鮮に住んでいて、資本主義日本に何を頼むことができるというのだ。シン・ヨンピルは、友人に、「おれの口からしゃべらせないで、黙って日本円でも送金してくれ」と頼みたかったが、怖くて言い出せなかったと、私たちに打ち明けてくれた。

それから何日かして、彼は指揮部の保衛分課から呼び出しを受けた。そこに出向くと、保衛部員から追及された。

「日本人になぜ乞食のような真似をしたんだ。社会主義制度の優越性を損傷させる恥さらし！」

「酒代でも」と頼んだその一言が罪となり、スポーツセンター完成の総括を数日後に控えて、突然、咸興に戻されてしまった。

彼がそんなに急に戻ってしまうのがわかっていたら、何か贈り物でもしてあげたかったのにと、私たちは悔やんだ。設計の審査を受け、いろいろと教わった私たちには、彼は素晴らしい友人だったのだ。

光復通りと同時に工事が行われた安山《アンサン》橋は、スポーツセンターに通じる橋でもあり、普通江に架けられた橋としては大型のものだ。この工事は鉄道部旅団が受け持った。施工責任者（課長）は私の大学の同窓生であり、やはり在日帰国同胞のファン・ヨンシクだった。気持ちの真直ぐな、人柄のいい彼は自分の責任についてはきちっと果たす人だった。

ファン・ヨンシクも日本に親戚がいないので、経済的援助を受けることのできない帰国同胞だった。つまり、北朝鮮の人がいう乞食同胞である。それだけに日本での生活が忘れがたく、学生時代には話の端々に日本を懐かしがっている言葉が出た。

技術は確かで技術革新烽火《ボンファ》賞をすでに受賞しており、金日成の名誉時計ももらっていた。卒業二五年が過ぎて、同じ建設現場で働くことになった私と彼は、学生時代に戻ったように率直に話し合った。

といっても、その内容は、日本では朝鮮人など誰もいないところで学んだこと、日本人の友人たちととても仲良くしていたといった思い出話や、なんとか彼らにもう一度会いたいなどということだった。

そんなある日のこと、光復通りの建設を報じた新聞記事で、ファン・ヨンシクの功績が取り上げられた。たまたま、日本からやってきていた祖国訪問団がその新聞を持ち帰ったので、彼の友人たちの知るところとなった。これをきっかけに旧友との手紙のやり取りも始まったという。彼は私にその手紙を読み聞かせながら、言った。

「同級生たちが何でも協力するからと言ってくれているが、どうすればいいだろうか」

私の答えは、「手紙はすべて徹底的に検閲されているし、電話も完全に盗聴されているから、注意しなければだめよ」ということだけだった。

帰国同胞のファン・ヨンシクだから、金目のものが多いだろうと狙いをつけられたとみえて、泥棒に何度も入られていた。しかし、実際は、彼の両親は帰国のとき北朝鮮の宣伝をうのみにして、「祖国に帰れば、すべてが一〇〇パーセント保障されるんだから」と、家財や生活用具をほとんど捨てるようにして帰国船に乗ったのだった。

そのために彼は、私たちよりも困窮していた。おそらく忍び込んだ泥棒だって同情したに違いない。

もしも日本の友人たちが、それとなく察して、小さな援助でも手を差し伸べていたら、彼には大きな助けになったはずだ。しかし、彼は、連絡をくれた友人への返事は先送りしていた。せっかくのチャンスを生かせなくて残念がる彼に、私は、何もしてあげられない自分自身の無力さに、たまらない苛立《いらだ》ちを覚えた。休暇で帰郷する彼に、生活必需品を少し持たせたら喜んでもらえたが、その素朴な姿が今でも脳裏に鮮明に焼きついている。

日本にいる彼の旧友は、このような北朝鮮の事情をたぶん知らないで、「せっかく手紙を出したのに」と彼のことを責めているだろう。私は、彼に代わって言ってあげたい。

帰国同胞の彼らはみな、日本の友人をどれほど懐かしがっていたかしれない。忘れているわけではない、と。

日本ではかなりの財産を所有していた人たちにしても、帰国すると社会安全部や国家保衛部の監視の網の中で、いつどんな不幸が襲うかもわからないのだ。

ホ・ドンとスンの兄弟は、大学の上級生であり、同じ設計室に勤務していたので、自然に親しくなった在日同胞だ。彼らはオーストラリアで開催された第六回世界青年学生祭典に参加して、そのまま日本に戻らずに北朝鮮に帰国したという経歴の持ち主だった。兄弟で土木を専攻していたが、当時、日本では土木技術者が人気職業だったので、北朝鮮でも同じだろうと考えて、この分野を選択したという。人一倍怜悧《れいり》な兄弟は大学でも実力はずば抜けていて、人間性も豊かで、同級生や私たち下級生からも好かれ、尊敬されていた。私が細胞書記に選ばれたときは、真っ先に喜んでくれて、

「上級生をいつも尊敬してくれよ」

と、冗談を飛ばした。

彼らには一九六〇年代初めに帰国した厳格な長兄がいた。その人は核物理学博士で、帰国後、核物理の分野の権威として働いていた。ところが、核兵器に関する研究実験で失敗が連続したために、内部で責任追及が始まり、彼らの長兄が失敗の責任を負わされてしまった。そればかりか、北朝鮮の核に関する技術を破壊する任務を帯びたスパイだとの罪名まで着せられた。ある日の夜突然、兄弟とその家族全員が国家保衛部によって連行されて行方不明になってしまった。

細胞書記をしていた私は、保衛部員に聞いてみたのだが、「自分も知らない。上の処置だ」と繰り返すだけだった。何年か後のうわさによれば、長兄は濡れ衣《ぎぬ》を着せられたことを恨んで自殺し、弟たちは人里離れた山奥送りになり、二度と人間世界に出てこられなくなったということだった。

また何年かして、彼らを知る地質調査隊員が、調査の途中で偶然、兄弟に出会った。彼ら

は、知人の調査隊員に、問わず語りに話したそうだ。なぜ自分たちが追放され、山間僻地《へきち》に来なければならなかったのか、いまだにわからない、と。

聡明で実力があった兄弟が、きわめて劣悪な僻地に追いやられ、糞尿の運搬や、畑とは名ばかりのやせこけた土地を耕す悲惨な生活ぶりだったという。もちろん、追放にともない家財道具はじめ財産すべてを没収された。経済的にどんなに困難を窮めたか想像もつかないが、人間社会と隔離された僻地で、誰に事情を聞いてもらえる機会もなく、苦しみを訴える術も何もないとのことだった。調査隊員だった人の報告を聞きながら、私は涙をぬぐった。

あれほど聡明で誠実だった彼らが、今でも生きているのかどうか、私にはそれすらもわからない。

光復通り審査員のシン・ヨンピル、大学の同窓生のファン・ヨンシク、大学の上級生だったホ・スンとドン兄弟のことを思い出すとき、社会主義地上の楽園を求めて帰国した在日同胞たちの、彼らの優秀さと悲惨な境遇が背中合わせになっていることが、やりきれない。

祖国訪問団として北朝鮮に渡っても、在日朝鮮人は自由に動き回ることはできない。親戚の住んでいる家を訪ねることはできないのだ。彼らは宿泊先の高麗《コリョ》ホテルなどで親戚と面会する。その際も盗聴装置を意識して、あらかじめ与えられた脚本通り、「首領様のおかげで食べ物も着るものも心配がない」と繰り返すだけなのだ。故郷訪問団として北朝鮮から日本に一時帰国した日本人妻たちも事情はまったく同じだ。日本人妻たちが話していることも脚本通りの言葉を繰り返しているだけだった。

彼ら彼女たちもまた、思うままにものを言い、思うままに行動する自由はない。

第七章

翳りゆく日々

老いゆく首領様

数十万人の突撃隊員たちの汗と知恵によって、光復《クアンブック》通りと青春《チョンチュン》通りが完成した。

この工事のために、どれほど多くの突撃隊員の命が犠牲にされたことだろうか。橋の基礎を構築する際の掘削工事で潜水作業中に、酸素供給装置の故障によって命を失った幼い兵士の姿が目に浮かぶ。

建設重機とは名ばかり、中古の掘削機やブルドーザーが何台か置いてあったが、老朽化がはなはだしく、いつも故障中だった。修理するには部品がなく、燃料の重油もないから、結局一台もまともに動いたことがなかった。ひたすら人海戦術で建設された道路、橋、ホテルと劇場、各種の体育施設、住居を見渡すと、人の力のすごさにうなだれた。

ひとり息子を建設事故で失っても、親は涙を流すことも許されず、首領様の偉大な構想を実現させる聖戦に、輝かしい半生を捧げた、と称賛しなければならなかった。遺族には「戦死証」または「愛国烈士犠牲証」が交付されるが、その証明書がどんな役に立っているというのか。

党が理想とする人民が進むべき道とは、死ぬことは栄光であるという考え方だ。北朝鮮の同胞は、こんな時代錯誤の思想宣伝でがんじがらめになっている。そして、突撃隊員ならなおのこと、どんな犠牲を払ってでも、首領様に喜びを捧げるという、唯一の信念を持つように教え込まれていた。そんな彼らだからこそまた、完成の喜びは格別だった。ようやく解放されて、本来の仕事やふるさとへ戻れるのだから。

竣工式の日、金日成《キムイルソン》、金正日《キムジョンイル》をはじめ党と政府要人たちが現場に勢揃いした。彼らを迎えて開催する行事のことを「一号行事」というが、これには出身成分の悪い人たちは参加できない。つまり、朝鮮戦争当時、越南したものの家族である越南者家族、八・一五解放、つまり祖国解放前の富農、地主、民族資本家の子孫、政治犯や経済犯として服役中の子弟と四親等までの親戚などは、宿舎に足止めされてしまう。

その日、私は朝早く家を出て証明書チェックのための関門に備えた。党員である私は、とくに面倒なことはないのだが、関門をいくつも通過するだけで時間がかかる。竣工式の式典は、橋の通りの入り口に位置するアンコル立体橋で行われた。金日成が竣工テープカットを行い、橋のでき映えを称賛した。金日成が橋を称賛したことによって、設計者である私は、栄光につつまれた。

金日成は数十万人の群衆の歓呼を受けながら、体育館などいくつかのスポーツ施設を見て回り、やがて記念写真のために革新者、つまり建設工事の功労者が集合している場所までやってきた。栄えある記念撮影に臨むために、勲章を胸いっぱいに飾りたて、晴れ姿で待機する私たちは、その間ずっと「万歳」と声高に叫び続けていた。

ところが、私たちは目の前に現われた金日成を見た瞬間、そのあまりにも老いぼれた、痛ましげな姿に目を疑った。ズボンが腰のところでぶざまによじれている。本人は気がつかないのか、直そうともしない。見ているほうが腰のあたりがむずむずしてきた。何か言おうとすると口の端からつばが垂れ落ちるので、身のまわり係りの若い女性が、そばでいちいち拭いてあげている。ズボンも直してあげればいいのにと、私は気になってしかたなかった。

まっすぐに歩くこともできない金日成を見て、集まった革新者たちは、首領様は人民のためにこんなになるまでご苦労されているのだ、とあらためて敬服していた。それなのに金正日ときたら、写真撮影の間中、何かを警戒して注意深げにというよりも、落ち着きなくきょろきょろと周囲を見廻し、すぐ近くで狂ったように万歳の歓声をあげ続けている人々には、笑顔ひとつ見せないのだ。

ここにいる人々はみな、何重もの証明書のチェックを受け、身体検査までさせられて、やっとたどり着いて参列しているというのに、金正日はその全員を疑い、警戒しているように見えた。今になって考えると、金正日は自分の身辺にいつもなんらかの怖れを抱いていたのではないだろうか。

しかし、悲しいことに、金正日を初めて間近に見る私は、ただ近くにいられるだけでも、これ以上の栄光はないと思っていた。

前にも書いたが、金日成、金正日らと一緒に記念撮影することは「一号撮影」といわれ、この記念写真は家宝の「一号写真」として扱われる。私もまた、その家宝となる写真におさまった。

革新者以外の残りの建設工事参加者にも、金正日の配慮で、特別な写真が手配された。それは、すでに撮影された記念写真の後列の人物の代わりに、各自の写真を写してはめ込み、あたかも金日成と一緒に写っているように作成されたモンタージュ写真である。それがもらえるだけでも、人々は大感激で、いっそうの忠誠の誓いをたてるのだ。

北朝鮮で生まれた子が、まず最初に口にするのは「アパ（父さん）」、「オンマ（母さん）」という赤ちゃん言葉だ。が、それより先に金日成、金正日の名前を覚えよ、と政府はいう。それほど忠誠の人民なのだが、それゆえに悲劇も絶えない。まだ発音のはっきりしない赤ん坊が「元帥様《ウォンスニム》」と言うべきところを、似た音の「怨讐様《ウォンスニム》」と言ってしまったのだ。とたんに、「子供の教育がなっていない」という罪で両親が懲戒処分を受けた。そんな例をたくさん見ているから、忠誠を誓う演技も堂に入《い》っていた。

そして、このときも、これまで行われたあらゆる建築物の総括のときと同じように、二〇万人以上の建設者に勲章とメダル、記念の贈り物が渡された。

私は初めてカラーテレビを贈り物としてもらうことになった。ピョンヤン市でもカラーテレビはまだきわめて珍しがられていたころだった。建設の最高責任者である張成沢《チャンソンテク》が、対象者ひとりずつにもったいをつけたサイン付きで直接、贈呈するというプレミアムつきのありがたいカラーテレビだった。

韓国に来てみると、それぞれの家ごとにいろいろなタイプのカラーテレビがあり、それを家によっては二台も三台も持っているので、絶句してしまった。カラーテレビなど人々の意識にものぼらないほどあたり前のものであり、人々はパソコンの品定めに余念がないと知り、私の生きていた世界はなんだったのだ、と思わずにはいられなかった。

私たちの設計事務所は、私がカラーテレビ贈り物対象者になったために、栄光の度合がいちだんと濃くなった。私が住んでいる二〇階建てアパート全一六〇世帯でも、特筆すべき慶事となった。それまでにカラーテレビはアパート全世帯で一〇台くらい入っていたが、いずれも自費で購入したものだったから、私のように無償で贈られたのは初めてのケースだった。一九八九年のことである。

私が咸鏡北道《ハムギョンプクド》最北部の穏城《オンソン》に追放された一九九〇年でも、現地の人たちにはカラーテレビの映像を見るということは、空の星を手でつかむような神奇なことだった。地方に住むふつうの人たちの一生の願望が、一四インチの白黒テレビを一台でも持ちたいという時代だったのだ。

私がカラーテレビをもらえたのも、友人と集団に助けられてのことだったので、お礼に大きな祝宴を張った。みんなに祝ってもらいながら、本当に私は運がいいと思った。なにしろ、これまでの白黒テレビ二台を含めて合計三台ものテレビを手にしたことになるのだから。

この他にも私は八度目の国旗勲章を授与されたし、設計士の等級も二級になった。つまり、これ以上望むものもない最高の栄誉を手にしたことになり、設計員としての人生で最高峰に到達したのだった。

亡き夫と四人の息子たちが、私を守ってくれ、私もまた先立った夫の分まで一生懸命働くという自分の決意がもたらした栄誉なのだと、家族に感謝した。

世界青年学生祭典

北朝鮮の現代史で、避けて通ることができない第一三回世界青年学生祭典。この祭典の準備過程で起きたさまざまなできごとは、私にとってもどうしても忘れることができないものばかりだ。

北朝鮮は、一九八八年オリンピックが韓国で開催されることが決定すると、ソウルオリンピックを阻止するために、あらゆる手段を講じ、破綻させるための攻勢を仕掛けた。前年一九八七年一一月に起きた金賢姫《キムヒョンヒ》による大韓航空機爆破事件も、その一つだった。

ソウルオリンピックの開催で、北朝鮮にとってもっとも憂うべきことは、これまで北朝鮮の味方だとみなしてきた東欧社会主義諸国と、最大の友邦中国が韓国に代表団、選手団を派遣すると決定したことだった。北朝鮮政府は、ソウルオリンピック参加を決めたすべての友好国を変節者と非難した。外交関係を断絶する強固な立場を貫きたかったのだが、北朝鮮に同調した友好国はキューバ、ルーマニアなどたったの四ヵ国だけだったはずだ。

北朝鮮は全く不本意であるにもかかわらず、韓国への対抗上、第一三回世界青年学生祭典を、オリンピック以上に盛大に開催することを決定、その準備に着手した。

世界青年学生祭典は、基本的に友好と親善のためのフェスティバルとして開催されてきたものだ。しかし、北朝鮮の狙いは、友好と親善からは遠いものだった。

「アメリカ帝国主義と南朝鮮傀儡《かいらい》徒党の高慢な鼻柱をへし折らねばならない」と主張し、思想攻勢を猛烈に開始した。そのついでに、キューバが開催した第一一回祭典は「キーセン祭典」、ソ連が開催した第一二回モスクワ祭典は「チェカ（秘密警察）祭典」だと、かつての友好国で開催した祭典までこき下ろした。

わが国で開催する以上、「思想祭典」としなければならない、と全国民に向けて宣伝に努めた。北朝鮮は思想大国を自認しており、その思想大国で開催されるから、当然、思想祭典という理屈なのだった。

「いついかなる状況においても、チュチェ（主体思想）の祖国の偉容を示し、首領様の周囲に固く集結した、わが人民の不敗の力を誇示するように」というお達しで、各レベルの党組織では、思想総攻勢が始まった。

まずなによりも金日成、金正日の業績と、チュチェの祖国の優越性を中心にした内容で、わが国のあらゆることについて回答できるよう、「三三〇問題集」という想定問題集を作成し、これをすべて暗誦させることから始まった。金日成とはどんな人か、金正日とはどんな人か、をはじめ、美化された彼らの過去や歴史、業績、私たち人民がどんなに幸福な生活を保障されているか、等々、外国の代表団や、外国の記者たちからどんな質問があっても、同じ答えができるように、学習するのである。

各職場では問題集を一日に五～一〇問ずつ暗記しなければ帰宅させてくれない。本来の仕事は後回しにして、私たちは一斉に問題集を暗記する。そのなかで強調されるのは、「どんなに不利に状況が変わろうとも、必ず逆転勝利しなければならない」という精神論だった。

金日成、金正日父子の革命歴史を暗記するのは、そう簡単ではない。若い母親が、託児所に赤ん坊を迎えにも行かせてもらえず、ひたすら暗記を強制されるという光景が、あっちでもこっちでも繰り広げられた。それでもまだ足りないで、来る日も来る日も講演会、学習会に出席させられて、首領の偉大さについて説教された。

「白頭山《ペクトウサン》の密営地で光明星として誕生した。その司令部の小屋『金正日の生家』の後方には、正日峰《ジョンイルボン》が高くそびえている」。「わが民族の象徴である白頭山とともに永遠不滅である」というのが、金正日の履歴、つまり正史とされた。

のちの話だが、私が住んでいるアパートの八〇歳になる老婦人が、外国の記者に質問された。

「おばあさん、正日峰はどこにありますか」

「はい、万景峰《マンギョンボン》の横にあります」

記者も周囲にいた人も、大爆笑したそうだ。万景峰は金日成の生まれ故郷のピョンヤン市の万景台《マンギョンデ》にある。正日峰とは、ピョンヤンからは遠く離れた北の中国との国境の山だ。外国人の記者でもそのくらいは知っているので、苦笑したそうだ。記者に同行していた保衛部員は、

「このばかもの。恥さらし」と猛《たけ》り狂った。

ところが、この一件は党にまでまたたくうちに伝わった。そして、なんと、この大胆な回答がおほめにあずかったばかりか、党では「これをお手本にしなさい」とまで言い出した。史実も地理もむちゃくちゃである。

事前の取材にやってきた外国の記者は、街を歩いて取材活動をしていたが、多くの記者が、アパートのたたずまいに注目した。正面はタイル張りできれいなのに、裏側は壁が薄汚れていたり、不潔だったりして、その落差の激しさが気になったのだ。そこで思ったままを素直に同行の保衛部員に質問した。

「あなたたちは、どうしてタイルを建物の前面にだけ貼るんですか」

保衛部員は逆に質問したそうだ。

「あなたは、どうしてネクタイを前にだけ結んでいるんですか」

もの笑いの種になったが、この手の詭弁《きべん》、屁理屈《へりくつ》が、外交の場でも堂々と展開されるのが、この国なのだ。

老若男女を問わず、国をあげて暗記を強制されたから、職場でも学習、家に帰っても『三三〇問題集』を開いて、夫婦、親子で質問、回答の練習が続いた。

もっとも、こうした学習は、今回に始まったことではなく、ピョンヤン市で国際会議が開かれるたびに繰り返されてきた。しかし、今度の第一三回世界青年学生祭典の準備期間中は、それまでの比ではなかった。人民大学習堂には各大学から選抜された模範学生を集めて「特別閲覧生」制度を設け、外国の記者たちが質問しそうな内容について想定問題を学習させた。

友人の娘も模範学生として選ばれたが、大学の授業にまったく出席できず、毎日、人民大学習堂に通い、「思想武装のための学習」に専念しなければならないことに嫌気がさして、一日も早く祭典が終わることを願っていた。

思想大国の国民ともあろうものが、手ぶらで街を歩いてはおかしいからと、いつも手に新聞か本を持って歩くように、という演技指導にも熱が入っていた。

ビールとお菓子

わが国を訪問する外国の人に対して、私たちは「首領様の賢明な領導と愛の中で、豊かな生活をしているところを見せてあげなければならない」とも言われた。

北朝鮮には「ピョンヤン商品」という言葉がある。地方で生産される優良な品物をピョンヤン商品として登録し、無条件でピョンヤン市に直送するのだ。要するに地方からの搾取《さくしゅ》である。しかし、そうまでして全国各地で生産されたものを、全部ピョンヤン市に送ったとしても、とても首都の市民たちの需要を賄《まかな》うことはできない。

そのため、いつからか本来の配給品とは違うルートで流れる非常物資が出回り始めたのだが、この祭典の期間中は、そうした非常物資を合法的に配給する対策がとられたのだ。

本来、北朝鮮では外国人はどんな資格で入国していようとも、案内員の承認なしに、勝手にどこかの家庭や食堂、商店に入ることはできないことになっている。しかし、万が一、間違いが生じて、祭典中に外国人が勝手にどこかの家や食堂に入ったとしたら——。たちまち北朝鮮の一般の人々の暮らしがどんなに貧しいか露見してしまうはずだ。そこで、非常物資の配給がなされたわけだ。

その中身は一軒あたり豚肉、砂糖、お菓子各一キロ、瓶ビール三本、フィルター付きたばこ二箱である。といっても、各自が指定された商店に行って購入するのだ。そして、この物資は祭典が終了するまでは、決して消費しないようにというお達しがあった。

これで、外国人が不意に訪ねて来ることがあっても、私たち家庭では、「肉や果物、ビールや高級タバコを日常的に食べたり、使ったりしています」と、その満足した生活ぶりを見せるというわけだ。

ところが、誤算があった。祭典は七月に開催されたから、生鮮食品は、ひとたまりもなかった。なにしろ、冷蔵庫がある家庭はごく一握り。たまたま冷蔵庫を持っている家は、隣近所の分まで預からねばならなかった。

わが家は冷蔵庫があったので、近所の非常用食料を保管してあげた。そこまではよかったのだが、中学生の末っ子のナムが友だちと遊んでいて、あまりの暑さに冷蔵庫を開けたのだ。そしたら、ビールが入っているではないか。「ついてるう」とばかりに飲みはじめてしまった。

そして、預かりもののビールにまで手を出してしまったのである。

弁償しようにも現物を手に入れることはできないから、なんとも申し開きのできないことになってしまった。預けた人には何度も謝罪し、ナムは生まれて初めて罰として、私に鞭《むち》で打たれた。

ピョンヤン市内の主要な通りに沿って建つアパートで、通りに面した部屋でテレビのない家庭には、テレビが配給された。その代金は自分たちが払わねばならなかったが。それでも、やっぱり住民は、「このような配慮をめぐらしてくれた首領様の愛情」だと錯覚してしまった。

テレビの配給は、これを皮切りに二次、三次の配給が実施されるという流言飛語が飛んだ。そのために、古いテレビを持っていた人は、地方の親戚にテレビを送って、新たな配給を待っていた。ところが、そんな幸運は永遠に訪れはしなかった。自分のテレビを先走って手放した人たちは、後悔の歯ぎしりをしていた。

服もひとり当たり一着とズック靴が支給された。支給といっても無償配給ではない。自分のお金を払ってもらってくるのだ。それなのに国はまた、「服や靴などを支給してくださり、首領様は人民に限りない愛と配慮を巡らしてくれている」と宣伝するのだった。

おかげで私も、本来なら決して買おうともしない夏物ワンピース一着と靴（布靴）を新調することができた。その他、各種家電製品を購入しなさいと指名された家庭は、それらを国定価格、つまり政府で決めた価格で販売してもらえた。

外国人の買い物は、外貨商店だけに限られているが、ここでは高級タバコ、ビール、お菓子をはじめ、食料品、靴下、下着、時計、靴等々の各種製品に、小型テープレコーダー、カメラなどの電子機器などが買えた。もっとも、これらの製品のほとんどは外国製だったが、あたかも自国産のように商標をつけかえたものだった。自国産だとしてもすべて輸出用の商品ばかりで、いずれにしてもふつうの市民は見たこともないようなものばかりだった。

ただし、外貨があれば商品を販売してもらえるので、外国人客の列に並んでまんまと商品を買っていく人間も現われた。しかし、すぐに取り締まりの保衛隊員に摘発されて、外国人を装って品物を買った人は、祭典終了後、例外なく地方追放となった。

商品の売買が活発に行われていることを見せつけるために、一般客を装う「さくら」も大勢仕組んでいた。その役割は商店の販売員がやっていたが、外国人のお客の後ろに並んで、店頭でいかにもふつうの買い物客のようにお金を出して欲しい品物を買い、持ち帰る。しかし、夜になるとその品物は元の商店に戻され、お金も返ってきた。これを毎日繰り返した。なぜなら、不幸にもその商店には陳列品の他は在庫商品というものがないからだ。でも、陳列棚に商品が並んでいなくては困るし、売買も活発でなければならないから、苦肉の「演出」で、さくらの出番も多かったわけだ。

もっとも、北朝鮮ではこのような演出は日常的に行われていて、このときに限ったことではなかった。金日成、金正日の現地指導が、その典型的な例だ。彼らの現地指導のおかげで、現地の人たちの生活が豊かになったと報告するのだが、事実は道行政単位であらゆる品物をかき集め、並べたてて現地指導の模様を記録映画に撮るのだ。

韓国に来る前、私が住んでいた穏城《オンソン》でも同じようなことがあった。現地指導の準備に動員されていた商店の販売員チョ・スンミが一部始終を話してくれた。さすがに現在では、その内幕がほとんどさらけ出されてしまって、国民は先刻承知なのだが、みんな素知らぬふりをしているのである。

燃えてしまった贈り物

世界で最も優秀な国、チュチェの国、北朝鮮で行われる祭典であるから、参加者全員に贈り物を配らねばならないと、上のほうで決まったらしい。一九八二年以来、毎年恒例の「四月の春芸術祭典」でも、参加するすべての国の代表団と芸術家には、高価な記念品が贈られるが、これも住民の怨嗟《えんさ》の的になっている。人々の言うことは決まっている。

「自分の子もろくに食べさせてあげられなくて、やっていることがあまりにもひどすぎる」

最貧国の北朝鮮の経済状態を考えると、このような祭典の誘致は、それだけでばかげている し、実力に見合うものではないのに、贈り物つきだとは、どう受けとめたらいいのだろう。北朝鮮は、まさにこのときを境に、歯止めのない坂道をまっしぐらに転げ落ち始めたのだ。

しかも、予想もできなかった事故が見舞った。あと数日で祭典開始という緊張の中で、記念品を保管した東ピョンヤン青年劇場が夜間に火災を起こし、全焼してしまったのである。世界各国から輸入したさまざまな品物を、祭典参加者への贈り物として旅行用バッグに詰め合わせて準備しておいたのに、それがすべて灰になってしまったのだから、損害額がいったいいくらかも定かではないが、あまりにも大きな打撃だった。

すぐに非常対策会議が開かれ、事態打開のため緊急飛行機まで繰り出して、再度、品物を買い揃え、当初と同じ量の贈り物を準備することになった。火災を起こした劇場は、軍人たちが突貫工事で外形だけは体裁を整えたが、結局、第一三回祭典には使用されなかった。

火災の原因は、電気系統の事故によるものだと検証されたが、額面通り受け止める人はいなかった。これほど重要な行事なのに、電気系統の不備なんてあるはずがない、意識的な行動によるものだと誰もが思っていた。ただ、口に出しては言えなかっただけで。

火事といえば、一九七〇年一月一日、現在の金日成広場の左右にある総合庁舎と人民武力部庁舎の屋上に設置してある電気装置がすべて焼失してしまう事件もあった。人民武力部庁舎はピョンヤン市の中心に位置しているが、この出火のために幹部と全職員が、正月休みをすべて返上した。そのころ、私たちは中区域南門洞に住んでいたから、家から夜通しこの火災を見ていて、不安で恐怖にかられたものだった。

どの国でも火事は起きるだろう。しかし、このような国際的な行事が行われる緊迫した、重要な時期に引き起こされる大規模な火災、あるいは重要な建物に限って出火することを決して単純に見過ごしてはならない。うそで塗り固められた対外宣伝に不満を抱く人民の反抗でないとはいえないからだ。

いずれにしても第一三回世界青年学生祭典の開催は、それまで北朝鮮中にあったありったけの在庫を総ざらいして強行した最後の行事であったと、私たちは理解している。外国の目を欺《あざむ》くために、地方の零細な生産品までかき集め、ピョンヤン市の住民に回したから、それを負担させられた地方の人々がいっそう困窮するのは当然だった。

こうした行事を通して私が知った金日成、金正日とそれに連なる権力層は、自国民に生存のための食糧さえ保障できない無能な統治者にほかならない。彼らは自国民を閉じ込め、一切の情報から遮断《しゃだん》しているが、北朝鮮にも、世界の変化を正確に見ることができ、党と政府の反人民的な行為についてよく知っていて、政府の政策に不満を抱いている人々はいるのだ。そのことを党と為政者に心得ておいてほしい。

林秀卿という女子学生

第一三回世界青年学生祭典の開会式当日、一九八九年七月一日午前中に、韓国全大協（全国大学生代表者協議会）の代表、林秀卿《イムスギョン》が北朝鮮に入国した。

若き南の学生代表の北朝鮮入国問題について、執拗《しつよう》に繰り返された南北政府当局による綱引き、連日の過熱報道、そのため北朝鮮人民の歓迎も異様なほど高揚《こうよう》し、彼女の登場は開会式を盛り上げる絶好の切り札となった。

絶望状態から抜け出すために、一日も早く統一を成し遂げなければならないという人民の期待が、すべて林秀卿ひとりに集中したのだ。南の女性同胞の手にふれたい、いや、一目見るだけでもいい、それだけでもきっと何かを感じとれるはずだ。人々はそう信じ、林秀卿が到着した飛行場から市内までの一〇キロの沿道を埋めつくし、人山人海をなすの光景が続いた。『祖国統一、万歳』をのども涸《か》れるまで叫び続け、真の肉親として彼女を迎えたのだ。林秀卿はまるで凱旋将軍のようにしてピョンヤン市内に入った。

林秀卿を迎えて、北朝鮮が満を持して準備した祭典が幕を開けた。会場の五月一日競技場では大歓声の中、開会の入場行進が進んでいったが、クライマックスは全参加国中の最後、トラックにたったひとりで韓国全大協旗を掲げて姿を現わした林秀卿だった。

開会式でスピーチする彼女の姿を、私たちは、民族の英雄を見つめるように息を詰めて見つめた。林秀卿はいたるところで最高の歓迎を受け、それぞれの場所で即興でスピーチをしたが、感心するほど上手だった。北朝鮮国民は思想大国の人間だが、原稿のない、即興の演説はやらない。やろうにもできないのだ。原稿なしでやって忠実性に汚点を残したり、もしも苦しい生活の一端が口から滑ってしまっては、何代も先まで恥辱にまみれてしまうからだ。

林秀卿に同行しているわれらが社労青中央のキム・チャンス副委員長は、いつも事前に作成された原稿を読んでいた。だが、彼だって即興で演説をすれば、林秀卿をしのぐくらい雄弁なはずだ。ぜひそうしてほしかったが、党のつまらない脚本に従うものだから、聞いている私たちは新鮮な林秀卿のスピーチと比較して、がっかり続きだった。

彼女の英語力にも驚いた。北朝鮮の外国語大学学生とは比べものにならないくらい流暢《りゅうちょう》な英語を話している彼女から、韓国の学生たちの水準の高さがうかがえた。異常な閉鎖社会で、主体《チュチェ》思想の学習ばかり強要されるわが国の大学生に同情した。

いろいろな行事に参加した林秀卿の服装にも驚かされた。Tシャツにジーンズ、またチマ・チョゴリの韓服姿と、そのときどきの自然な服装と着こなしが羨ましかったのだ。北朝鮮の学生は、全国共通同一色同一デザインの校服以外に、私服を着ることは許されない。あまりにも違いすぎる南北の学生の姿を、私たちは彼女を通じて知った。

『わたしたちの願いは統一』という韓国の歌があるが、林秀卿が歌ったことで流行《はや》り、北朝鮮の人々は老いも若きも好んで歌った。歌ってもとがめられない韓国の唯一の歌だった。

北朝鮮人民は林秀卿のことを、自分の本当の子供、きょうだいのような気持ちで対応し、まさに私たちが一つの民族であるということをあらためて認識した。

彼女は北朝鮮の大学、企業所、生産工場などを精力的に訪ね、革命博物館や、白頭山などの名勝地にも足を運び、さまざまな記念品を贈られた。

そればかりか、林秀卿は金日成と乾杯のさかずきを交すという、最高の待遇を受けた。さらにあとのことになるが、一九九〇年一〇月一〇日の朝鮮労働党創建四五周年に際しては、古くからの抗日戦の闘士である金九《キムグ》、呂運亨《ヨウニヨン》たちと同列の扱いで「祖国統一賞」を贈られた。北朝鮮の人民は、「統一の暁には林秀卿は副総理格だ」と感嘆した。もちろん、南朝鮮を解放して達成された統一の暁にはということであるが。

彼女は韓国に帰るとき、板門店《パンムンジョム》を通過することを拒否されて、抗議の断食闘争に入った。そして、韓国に帰国後、矯導所に入れられた、というニュースが伝わってきたので、私たちは心から悲しんだ。

それと同時に、私たちは非常に驚いた。韓国政府が認めないのに、敵対国の北朝鮮に行ってきた彼女が、矯導所、つまり監獄に収容されたことは、私たちにも理解できる。大きな驚きはそのあとだった。

「林秀卿が投獄されたという矯導所は、われわれの住まいよりも立派ではないか」

「大韓民国では罪を犯しても、本人だけの責任のようだ。なんで彼女の親はとがめられないんだ。おかしいじゃないか。無法天国、人間地獄といわれる南なのに、そんなはずがあるのか」

「おれたちはあまりにも大韓民国の、ほんとのことを知らなすぎるんじゃないか」

人々はささやいた。そして、それをはっきり言葉にしてしまったものは密告され、例外なく罰せられて、追放になった。

北朝鮮の大学生が韓国に行って、同じことをして帰国したら、本人はもちろん、三世代までの親族、彼に同情的な人、彼と仲のよかった人までが処刑され、政治犯収容所送り、地方への強制追放という罰を受けること必至だ。

それなのに林秀卿の両親は、ソウルにそのままいるし、テレビの画面を通じて彼女を見る限り、彼女は少しも恐縮していない。

本来なら、こうしたニュースも伝わらないはずなのだが、南北会談が行われたとき、北朝鮮の記者たちが彼女の家を訪問して取材した。その模様が、北朝鮮のテレビに放映されたことから、北の私たちみんなが知るところとなったのだ。

北朝鮮は韓国のことを、人間のあらゆる権利が無慈悲に踏みにじられ、人間の生き地獄と化している社会だと口をきわめて罵《ののし》っている。それなのに、どうして林秀卿が無事でいられるのか。その疑問は、ふつうの人たちには解けなかった。だが、私たちは政府当局の虚偽宣伝に騙《だま》されているんじゃないか、と少しずつ、少しずつ気がついていった。

今、韓国に来て私が知ったことは、林秀卿は平凡な一女子大生にすぎなかったということだ。現在もやはり彼女は、ひとりの平凡な主婦であり母親である。

彼女がわが国の統一運動に寄与したものがあるとすれば、それは北朝鮮の住民に韓国に対する新たな認識を与えたことだ。それまでは、私でさえ韓国には自由も民主主義も何もないといってきた北朝鮮政府当局の宣伝をそのまま信じていたからだ。私だけでなく絶対多数の北朝鮮の人民はそう信じて疑わなかったのだから。

デートも動員

北朝鮮の党と政府は、第一三回世界青年学生祭典が偉大な勝利に終わったと大々的に宣伝した。

しかし、この祭典を開催するためにいったい資金と人力をどれほど投入したのか、想像を絶する。開会式、閉会式、集団体操のために二〇万人収容の五月一日競技場では三ヵ月以上にわたる練習が連日行われた。青年男女は踊りの練習が毎日あったし、高等中学校の学生は集団体操の練習を、その年の冬からスタートした。私たちもなにやかやとあって、本業の設計業務に専念できなかった。

盛大な開会式や閉会式の式典を、ピョンヤンの全市民に見せて、勝利への自信を持たせるのだという金正日の指示に従い、二十数日間、一日二回ずつ開会、閉会式行事を毎日行った。本番一度きりのはずの開会式、閉会式が祭典期間中、毎日繰り広げられて、毎日、数万人が五月一日競技場に集められ、開会、閉会の行事のスケジュール通りに組まれた造形芸術を見て、驚嘆させられたのだ。

大雨が降っても、いかなる自然の力も私たちは容易に克服することができる、という理由で予定通り続行した。

また、各国代表団はグループごとにピョンヤン市内の見学ツアーに参加している。行く先々で群衆の大歓迎を受けたのは当然だが、市民に何を聞いても、異口同音に「首領様と指導者同志の偉大性と徳性を賛美」するだけだったから、きっと退屈したと思う。ガイド役を担当する保衛隊員は、もしも外国人見学者の質問に正確に答えられなかったら、罰を受けることになっていたから、緊張のしっぱなしで、そばで見ているほうが苦しくなった。

おかげで、緊張した行事日程をよどみなく消化していく世界青年学生祭典の組織ぶりは、外国の参加者から高く称賛された。ひとえにこの称賛を得る目的のために、北朝鮮は悲壮な決意で祭典準備に臨んでいたのだから、当然といえば当然だった。

大衆動員をかけるいっぽうで、外出用の服装がある人しか、街に出られないように制限された。祭典の期間中だけ、若い男女が遊園地で腕を組んで歩くことを許可する特別措置もとっている。子連れで公園や遊園地で遊ぶように、組織的な取り組みもなされた。私たちは毎日のように、招待公演の観覧に参加しなければならなかった。

各国代表団に同行している芸術団の公演が、市内の各劇場で行われたが、はっきりいって参加している第三世界各国の芸術公演は、水準が低いし、また見ても私たちにはよくわからないから、そんなものにすすんでお金を出して見にいく人など、ひとりもいなかった。

そこで、各企業所単位に観覧する劇場と人数が割り当てられ、無理に行かされ、無理に拍手をする、という役割を押しつけられた。チュチェ朝鮮の国民は文化水準も高いということを知らしめるために、つねに劇場は超満員になるように組織された。

盛大な拍手が、やらせで組織されているとは思わないから、外国の出演者は自分たちの公演が評価されたと思っただろう。こんなひどい侮辱を浴びせつづけるのはあまりにも気の毒で、私たちは祭典が終わり、彼らが早く帰国してくれることだけを願った。

党と政府は、この期間中の宿泊、食費など滞在費すべてを北朝鮮が負担できたのは、自立的民族経済路線の輝かしい勝利だと宣言した。そして、首領様の周囲に鉄壁のように団結した人民大衆の不敗の力を、世界中に示したと自画自賛した。

この祭典を通じて国家には莫大な外貨がもたらされる、つまり祭典の運営は黒字になるから、わが国民はこれから豊かな暮らしができるようになるともいった。それに対して、南朝鮮はソウルオリンピックを開催して借金だらけになってしまった、それにくらべ、われわれは大きな政治的、物質的成果をあげた、といったのだ。

実際には、外貨獲得どころか、この祭典を境に国家経済は底が割れてしまった。市民にとってのメリットは、一時的だが、ふだんめったに手に入らない服地や豚肉、お菓子などを国定価格で供給されたことぐらいだ。商店では、この会期中に限って一定量なら各種の商品販売に応じてくれたし、市内のバスも比較的スムーズに運行されていた。だから、若い人たちは、次も北朝鮮で同じようなイベントをやればうれしいなあ、と期待していた。だが、喜んでいた青年たちも、やがて、この祭典を開催したことで国が蒙《こうむ》った経済的負担と、親たちがなめた苦痛のことを知るだろう。そのとき、きっと愕然《がくぜん》とするだろう。国を二度と立ち上がれない泥沼に追い込んだ国家行事だった、と。

しかし、まだ懲《こ》りない政府当局は、これを最後に東欧共産圏諸国が崩壊して、第一四回祭典が開催不能に陥ったことをもって、「われわれの行った第一三回祭典のレベルが高すぎたために、次の祭典の引き受け手が尻込みしているのだ」とうそぶくのだった。

長男の変貌

「こちらは、今朝もとても寒さが厳しい日です。布製の運動靴を履き、バスを待つ間長い列に並び、足踏みしながら冷たさに耐えているオモニを思うと胸がつまります。自分が帰国するときは、きっとオモニに毛皮靴を買って行きますこと、約束します。オモニが私たちのために流した血と汗との結実で、私たち四兄弟がすくすく育ちました。オモニの健康はなによりも私たち一家の基礎です……」

遠いソ連からのヒョンの手紙には、親思いのやさしい気持ちがあふれていて、いつも私をほろりとさせた。

一九八八年八月、世界青年学生祭典の準備で混乱している忙しい最中に、その長男ヒョンが二年二ヵ月ぶりに夏休みで一時帰国した。

留学生を出迎える人のなかには、飛行場まで乗用車でくる力のある親もいる。ピョンヤン市内から飛行場行の市外バス路線は、とても不便なうえに、私の場合は多忙な職場の都合もあり、家で待つことにした。

夫の空白を埋め合わせてくれた頼もしい長男が、ピョンヤンに戻ってくる。今日くらいは早く帰って、食事の支度をして待っていようと私は弾《はず》む心で帰宅した。ところが、玄関横の新聞受け箱に、

「愛するオモニ！　長男が帰ってきました」

と書かれた紙切れが入っている。長男はもう帰っているのだろうか、とあわてて家に入ったが、人の気配がない。どうしたのかしらと思っていると、外の廊下を駆けてくる足音がして、

「オモニー！」

という、涙混じりのヒョンの声が聞えてきた。メモを残して母を迎えに途中まで行ったのだが、二股道路のところで行き違いになったようだった。たまたま私の帰るのを見ていた近所のおばさんが、「ナムのお兄ちゃん！　お母さんなら、今、家に入っていったよ」と教えてくれ、大急ぎでアパートの五階まで一気に駆け上がってきたのだ。

息を切らして、「オモニ！」と呼んだあと、いきなり私を抱き締めて、部屋の中でくるくる回った。

「オモニ、やっと帰ってきました。会いたくてたまらなかった。オモニ！　ああー、大好きなうちのオモニ」

と顔をよせて泣いた。

彼は、留学先では北朝鮮からきた学生ということで、精神的にかなりの屈辱感を味わったことを言葉少なに報告しながら、「でも、それがバネになって、勉強で見返してやろうと頑張りましたよ。それで大学でも一番の成績になりました」と胸を張った。

彼は最低生活費にも満たない奨学金を節約し、親戚の分まで気配りのおみやげを買ってきた。しかし、何よりも私をうれしがらせたのは、彼が最優秀の成績をおさめたことだった。彼は肌の色つやもよくて、こころなしか貫禄《かんろく》がついて、自分が産んだ息子とは別人みたいに思えた。そんな彼が、

「オモニ、あと三年だけ辛抱してください！　そしたら、ぼくがオモニの面倒をしっかりみさせてもらいますから。それまで風邪《かぜ》も引きませんように、食事を抜くようなこともだめですよ。オモニが丈夫で、健《すこ》やかに過ごされてこそぼくたちも力が湧くのですから」

と言ったときは、私は、この子の母であることに感謝しないではいられなかった。

学校から戻った四男のナムは、長兄の手を片時も放そうとせず、トイレにまでついていった。寝るときも乳《ち》飲《の》み子みたいに兄と同じ布団に入って眠った。兄の帰国をこんなにも待っていたのかと思うと、兄弟のいる素晴らしさに、胸が詰まった。そして、私は思わず亡き夫に話しかけていた。

「あなた！　あなたも天国からこの子たちのことを見ていらっしゃるでしょ。安心してくださ い、きっと立派な人間になりますから……」

しかし、こうした感激的な対面もほんの一瞬だった。

翌日からは、帰国した留学生全員が、留学中の思想生活総括と各種の教育宣伝用映画の鑑賞、文献学習、革命史跡巡りなど盛りだくさんのスケジュールに追われた。それは忠誠心の再確認作業でもある。夜間は思想生活の総括を行う準備時間にあてられ、自己批判書を作成し、昼間は金日成父子の革命歴史と著作、文献学習と続くから、ピョンヤン市内に住んでいる親戚のところさえなかなか訪ねて行けなかった。

ヒョンは、修正主義思想のはびこる世界に足を踏み入れて生活しているのだから、こうして党の思想で徹底的に再武装され、覚醒されることは当然の措置であると、私は考えていた。しかし、長男は外見が変わっただけではなかった。党や政府のやっていることが何か間違っているかのように、ちらちらとこぼすのだ。北朝鮮のすべてを黙って受け入れている私や親戚の行動を見下しているようにも見えて、私は気になった。

ヒョンは言った。「東ヨーロッパ各国は資本主義国に比べると、生活水準がはるかに低く、経済も発展が遅れている」と。私たち北朝鮮の人たちが、夢のような世界だとあこがれている東欧諸国が、遅れているとは、どういうことなのだろう。それなら発展した資本主義国の生活

水準とは、いったいどんなものなのか。想像しても想像できるものではなかった。それればかりか、彼は声をひそめて、

「南朝鮮はとても発展しており、国民の生活水準は相当高い」

と、突然言い出したりした。留学生である自分たちは、祖国の人たちよりはるかにいい生活をしているが、留学先の国では北朝鮮の人間は「乞食国の奴ら」と呼ばれている話までした。

聞けば聞くほど、やり場のない怒りがこみあげて、私は爆発してしまった。

「学のない奴らめ！　チュチェ思想の母国であるわが国のことを何も知りもしないくせに、人類の太陽である金日成主席を尊敬しない馬鹿者だよ、大馬鹿だよ！　そんな奴らとは金輪際、親しくしてはいけないよ」

私を見つめるヒョンの目には、哀れみとともにうっすらと涙がにじんでいた。

そのときは、彼はそれきり口をつぐんでしまったが、心の中では、

「ああ、なんてことだ。世界のことも何も知らない、あまりにも知らなすぎる。古くさい考えしか持っていないぼくのオモニ！」

と思っていたと、のちに打ち明けた。

そんなことも知らずに私と義兄は、

「うちのヒョンが思想的に変質している、大変だ！」

と心配した。それから長男には、発言にはくれぐれも慎重にするように、私たちは革命家遺家族として、党が望むとおりに思考し、発言しなければいけないと諫《いさ》めた。それにもかかわらず、どうしたわけかこのときを境に、私の心の奥深いところで不吉な兆《きざし》が頭をもたげてきた。

第一三回世界青年学生祭典を境に、地方の住民から何もかも巻き上げてピョンヤン市民に回すことで、辛《かろ》うじて成り立っている私たちの生活、私たちが最高水準と享受している暮らしにもヒョンは不満をもらした。

彼の表情は日に日に曇っていった。心待ちにしていた祖国への一時帰国だったのに、あらゆる行動が統制のなかに置かれているうえに、私や伯父、いとこから説教をされるものだから、いい加減、嫌気がさした、とやはりあとで言った。

一通りの思想学習のあと、やっと手にした一〇日間の自由時間を利用して、ヒョンは私と北朝鮮の最北端、咸鏡北道鏡城郡《ハムギョンブクドキョンソン》にある航空士官学校に向かった。三男のヨンの面会に行ったのだ。ヨンは幼いときに万景台革命学院に送られ、その後、母にも弟にも会うことなく、すぐにこの地に来て飛行機の理論教育に入っていた。

このときも、私はヒョンとなにかと噛み合わないものを感じた。鏡城へは北朝鮮で最高級といわれる一等列車に乗って向かった。私は生まれて初めて一等列車に乗ったので、感激で子供みたいにはしゃいでいた。それなのにヒョンは、私だけに聞こえるように吐き捨てた。

「こんな列車、設備もサービスも何もかもが劣悪じゃないか。こんなお粗末な列車が、国際列車だとは恥ずかしい限りだ」

ヨンのいる航空士官学校は、前もってわが国で最高の待遇を受けていると聞いていた。その待遇とはいったいどんなものなのか、見るのが楽しみだった。しかし、この士官候補生を囲む環境のひどさには、私も驚いてしまった。ヨンには元気とか精気といったものがまったく感じられず、私とヒョンを見るやいなや、いきなり飛びついてきて声を上げて泣き出した。あの元気いっぱいだった私の息子は、どこへいってしまったのだ。

ヨンの学友たちは、そのとき隊列を組んで行進していたのだが、立ち止まって、私たちのほうを羨ましそうに見ていた。彼らは、「ヨンには外国留学中の兄さんがいて、訪ねてきたんだって」と興奮していた。彼らには、ヒョンがどれほどまぶしい存在に見えたか、よくわかる。

その日は夜通し話し、翌日の夜行列車でピョンヤンに帰った。ヨンは学友と一緒に駅まで見送りにやってきた。別れ際に「オモニが泣いては、弟がもっと悲しむから」とヒョンは私だけ先に列車内に押し込んで、ひとり手を振りながら弟やその友人の見送りに応えていた。

やがて列車が走り出したが、一時間過ぎてもヒョンは席にこないので、まさか列車に乗らなかったのでは、と心配になって、私は探しに立った。なんと息子は化粧台の前で泣いていた。私にはヨンの前で泣いてはいけないと言っておきながら、自分のほうが人目につかないところで男泣きしていたのだ。

やつれた弟の姿を見て、ヒョンは、自分だけが外国で安逸《あんいつ》に過ごしていると、自責の念にかられ、どんなことをしても弟たちにこれ以上の苦労をさせたくないと、悲壮な決意をしていた。垣間《かいま》見る彼の表情から、私はまたも不吉な予感を抑えることができなかった。

ピョンヤンに戻ると、親の務めとして、ふたたび三年余は海外暮らしが続く息子の身の回り品を取り揃えてやるのに走り回った。ところが、ヒョンは、私を制して、自分で留学先で換金できる品物を探し求めて必死になった。息子に限らず留学生はみな、ほんの雀の涙ほどの奨学金を補うために、朝鮮人参、人参エキス、シャープペンシルなど、確実に換金できそうなものばかり求めていた。しかし、ピョンヤン市内のふつうの店にもこれらの品物は売っていない。外貨商店か、ふつうの商店でも裏口で話がつかなければ買うことができないから、外貨で支払ったり、手段、方法を問わず商品の確保に頭をつかっていた。

そんなときもヒョンは、わが国がどうしてこんなにも貧しいのか。チュチェ祖国に暮らしているという誇りは見せかけだけで、外国ではみんなから乞食の国からきたと蔑視《べっし》される、それがたまらなく嫌だと、私に暗に知らせていたのだった。

そして、私は相変わらず、息子を叱咤《しった》激励《げきれい》していた。

「北朝鮮人民を蔑視するような、そんな奴らは大学の成績で圧倒してしまいなさい！　先進技術を習得して国の発展のために力をつくすのよ」

留学生には、さまざまな理由から厳しい守秘義務があり、そのために、誰が留学生であるということは、公になっていたが、それ以上の、どんな場所でどんな勉強をしているのか、誰にも何も知ることはできなかった。留学生どうしでもよくわかっていなかった。

夏休みが終わり、ヒョンの乗った国際列車がピョンヤン駅を出発すると、私は駅のホームに時間を忘れて立ち尽くしていた。魂の抜け殻になったような心境だった。三年間などすぐに過ぎて、じきに戻ってくるじゃないの、と自分に言い聞かせるのだが、なぜか、もう再会できなくなってしまうのでは、と不安で仕方なかった。

「三年たったら上の兄さんは、きっと立派になって帰ってくるのに、オモニはどうして泣くんですか」

と末っ子のナムにたしなめられ、やっと家路についた。

なお、息子の最初のソ連行きは、飛行機だったが、このときは一九八七年四月に運行開始したピョンヤン―モスクワ間の国際旅行列車だった。

次男も留学

「立派な軍人、将軍になって、僕たちのために一度しかない青春をすべて捧げてくれたオモニを必ず楽にさせてあげますから」

軍事技術総合大学に入学するとき、次男のグァンは、そう誓って家をあとにした。夫亡き後、四人の息子と寄り添って生きてきた私から、最初に離れていったのが彼だった。初めてのわが子との別離に、平静さを失っている私に、彼は毅然《きぜん》と言った。

子供のころは腕白なガキ大将で、私を困らせたこともあった。しかし、そんな性格を早くから見抜いていたのか、夫は生前、「うちのグァンは将軍の器だ」と言い、その将来に期待していた。四人兄弟の中で顔、形、性格がいちばん父親に似ていたのもグァンだった。

二番目の子供はどこでもそうかもしれないが、グァンを育てているときの私は、忙しさにかまけたり、もう二人目だからなれていると思ったりで、母親として十分に愛情を注いでやれなかった。息子は息子で父を早く亡くしたために、兄を助け、弟たちの世話をし、母親に甘えることもなかった。

それにもかかわらず、母親の細かな心の動きを敏感に感じとって、いつもその場を明るくしてくれた。

そんなグァンに、思いもかけない留学の指示が出た。

それは東ドイツ国防相の北朝鮮訪問がきっかけだった。朝鮮人民軍部隊を閲兵したとき、人民軍のあらゆる面で軍事装備が劣っていることに驚き、分断国家であるという両国の共通の境遇を考慮して、一年間に四〇人ずつ東ドイツ軍事大学へ北朝鮮留学生を受け入れることを決めたのだ。

早速、北朝鮮の各種軍事大学、士官学校生を対象に留学生選抜試験が行われた。息子のグァンは例によってトップの成績だったが、はなから留学は考えられなかった。なぜなら、北朝鮮では一家族で二人の留学生を出せない決まりになっている。外国で何らかの連携行動をとることを恐れ、警戒してのことだ。

グァンは実兄が留学中なのだから、当然この規定に引っかかった。しかし、国の将来の発展を担《にな》う人材を育成するうえで、ことに彼のずば抜けた能力と品行方正さが評価されたのだろう。規定には外れているが、特例的に留学合格とされたのだ。つまり、留学先も本人は軍事大学、兄は技術大学と分野が異なるということも考慮され、結局、留学が決まってしまった。

先に選抜されていた学友は、すでにドイツ語の基礎学習を終えていたというのに、グァンは語学学習の予備期間もないままに、東ドイツへの出発日を迎えることになった。

周囲の人たちは、私のことを、この世の幸福と栄誉を独り占めしていると羨ましがり、祝ってくれた。私も、世界を自分の両腕に抱え込んでしまうような、そんな爽快《そうかい》な気分で、これまで流した汗と労力が報われたと、満ち足りた気分でいた。四〇人の選抜留学生の中で、彼は一番年下で、体格や行動も見劣りしていた。だが、この子はまぎれもなく自分の息子ですと、胸を張って世間の人に、また亡き夫に報告する自信があった。

留学が決まってすぐ、グァンは航空士官学校にいるヨンの学校まで面会に行った。そのとき、ヨンは兄に抱きついて泣きながらも、

「オモニと弟は自分がしっかり守りますから、兄さんは大物になって帰ってきてください」

と、はっきり言った。それを聞いて、グァンもきっぱり決断できた。

正装の軍服姿で、覚悟をしっかり胸に刻み込んでグァンは出発した。大空に飛び立つ飛行機を見守りながら、私はうれし涙を静かに流した。だが、私の期待の大きさとは裏腹に、東ドイツに行ってからの本人の苦労は並大抵ではなかったようだ。

なによりも言葉の問題が大きく立ちはだかった。とにかく朝鮮語―ドイツ語辞典がないのだから、まずドイツ語をロシア語に訳して、次にロシア語を朝鮮語に訳すという、面倒な翻訳の繰り返しに膨大な時間がかかってしまったのだ。一日の睡眠時間が三時間もとれないという血のにじむような努力を重ねたという。

そんな留学生活にもかかわらず、私宛の手紙だけは欠かさず、定期的に書いてきたし、その手紙には一学期の試験で最高点を獲得できたことを知らせてきた。ソ連留学中のヒョンも全国的な試験で一番になり、大使館経由で表彰状が家まで送られてきた。ふたりの弟たちにも大きな励みになった。

末っ子のナムも優秀な兄たちのおかげで、みんなからは別格扱いされていたそうだ。その期待を裏切らないよう、兄たちの名声に負けないよう、自分も頑張って、とくに数学のテストではいつも学年で一番だった。

夫が亡くなったとき、子供たちはまだ右も左もわからない年頃だった。だから、私たち家族のことを、心から心配して面倒をみてくれる親戚もいれば、面倒をかけられたら困ると敬遠する親戚もいた。それが、今になると、敬遠していた親戚ほど代わるがわるにわが家を訪ねてきて、褒《ほ》めそやすのだった。わが家が本当に苦しかったとき、親身になってなにかと面倒を見てくれたのは実家の両親と弟、夫の兄夫婦たちだけだったが、息子の留学を契機に急に親戚が増え始めたのだ。

「あんたは、これまで、子供たちをほんとうに良く育てた」

「インスクおばさん！　おたくの四人の弟たちに、自分たちもちゃんとやっているから心配するなと伝えておいてよ」

「私たちは親戚なんだから、お互い親しく往き来しましょう」

「私たちは、どこに行っても四人のことが自慢だよ、おばさんほんとうにご苦労さん」

うちの子供たちの顔も知らないくせに、「弟」と呼んで、さも親しそうに話すのだった。

しかし、あまりにも突然にもたらされた大きな栄誉と幸福に、一抹《いちまつ》の不安が澱《おり》のように私の心の底に降りていった。こんなに何もかも幸せでいいのだろうか。夢なら覚めないでほしい。

何ごとにつけ、党や政府からの覚えもめでたく、国の信任や配慮も厚く、職場や地域では高く持ち上げられた。だが、ふと嫌悪感とも不安ともいいきれない何かがよぎることもあったのだ。人間には五感のほかに第六感というものがあるが、第六感は幸福が蝕《むしば》まれてゆくのを予感していた。

革命の背信者

東ヨーロッパ共産圏の崩壊を、朝鮮中央放送のテレビニュースの時間に、映像なし、音声のみでアナウンサーが報じた。東ヨーロッパ友好諸国の消滅は、その瞬間、北朝鮮政府を完全に世界の「孤児」にしてしまった。

社会主義制度の優越性のみを教育されてきた私たちに、この知らせはあまりに大きな衝撃だった。私たちは「帝国主義滅亡の不可避と社会主義の不敗性」は歴史発展の法則である、と教育されてきたから、共産圏諸国はますます強固になりこそすれ、消滅してしまうことなど、受け入れることのできない事実だった。

徐々に崩れていく東ヨーロッパの現実を目のあたりにして、北朝鮮の党と政府は毎日のように、これら諸国への非難を強めていった。そうこうする間にも、ハンガリーをはじめとする崩壊した社会主義圏の国々が、韓国と外交関係を樹立していったから、北朝鮮の受けた打撃ははかりしれないほど深刻だった。

急変する国際関係を把握するのに躍起《やっき》になる一方、朝鮮労働党はあらゆる場面で、これら東欧諸国を「革命の背信者」と定義、糾弾《きゅうだん》した。そして、これらの国々が崩壊した原因は、偉大な領導者を持っていないことと、正しい指導思想がなかったからであると強調した。北朝鮮だけは偉大な首領様と主体《チュチェ》思想を指導思想とする党の正確な領導が保たれているために、どのような嵐に見舞われても微動だにしない、と国民の不安解消に努めていた。

そんな渦中に、金日成と最も親しく、国賓《こくひん》として北朝鮮を何度か訪問したことのあるルーマニアのチャウセスク大統領が、軍事裁判にかけられて銃殺処刑されたことが、朝鮮中央放送により報道された。チャウセスクの銃殺処刑という非常にショッキングな事態を知ることとなった金日成の胸中は、悲しみに満ち、さぞや不安にかられただろうと察する。

しかし、ルーマニアに新政府が樹立されると、金日成は、ためらわずに新政府に祝電を送ったから、人々は素朴にたまげてしまった。金日成は悲しんでいると思ったのに、早速、新政府の大統領に祝電を送るとは、何とも義理のない冷たい人間ではないか、と。

東ドイツではホーネッカー書記長が群衆に糾弾され、連日のようにデモが続いていた。こうした連鎖反応が東欧諸国中に拡大する状況で、北朝鮮は派遣している留学生を総撤収する措置をとった。ハンガリーに派遣されていた留学生たちが引き揚げ、続いて旧ソ連を除いた共産圏諸国にいる留学生、実習生たち全員が帰国した。

一九八九年一一月、ベルリンの壁が壊されたとき、東ドイツに滞在中の留学生、実習生、現地の北朝鮮関係者は全員が即時、東ベルリンの北朝鮮大使館に召集された。「とりあえず来るように」との呼び出しだったので、とるものもとりあえず大使館に集まった彼らだが、それきり二度と自分の下宿や宿舎に戻ることはなかったという。

予想外のなりゆきに、誰ひとりとして寝泊りしていた部屋の整理もせず、大事な荷物も放置したままだった。

しかし、「国にいったん帰り、思想学習を深めたら、また戻ってこられるから」と大使館員が約束するので、彼らはそれを信じたのだ。しかし、それはその場限りのでまかせだった。だから、従順な留学生、実習生は、爪に火を灯《とも》すような思いで節約し蓄えた財産全部を置きっぱなしにして、身体《からだ》ひとつで国に戻ったのだ。その間に結んださまざまな人間関係も、積み上げた学問も、断ち切られた。

このとき、八〇人の軍事大学留学生に対しては、もしも大使館から外に出るようなことがあってはいけないと、警戒のための歩哨警備が立てられた、とグァンから聞いた。

大使館の一部館員だけが残り、残りは一斉退去したが、軍事大学留学生は、「乗車！」の号令で大型バスに乗車、飛行場に直行し、そのままピョンヤンまで連れ戻されたのだった。それは一九八九年一二月初旬のことだった。

彼らの命に危険があったわけではない。この混乱の中で、亡命者が出ることを、恐れたのだろう。

こうして、次男グァンの東ドイツ留学生活は一年四ヵ月で、あっけなくピリオドを打たれた。着のみ着のままの状態で、ポケットの中にわずかな東ドイツ貨幣があっただけだった。

帰国した彼らは、思想的に変質してしまった国々にいたために、思想的に汚染されたと判断され、三ヵ月の集団生活を通して、思想生活総括をさせられた。

ここで模範的だという評価を得れば、再度、留学に派遣してもらえる期待感をちらつかされて、彼らは厳しい規律にも、一言の不平不満も漏らすことなく、自己批判をきっちり行い、さらに忠誠の誓いを立てた。

しかし、「腐りきった国に行っても学ぶべきものは何もない」という方針により、留学生、実習生はそれぞれもとの大学や工場に戻された。期待が大きかった分だけ、失望も深いものだった。グァンも三ヵ月後、軍事技術総合大学に編入した。私は少し残念だったが、逆に不幸中の幸いであるとも思った。それまでにも少なからぬ留学生たちが韓国に亡命していたから、言葉にはしなかったが、大きな不安がつきまとっていたからだ。

それからまもなく、グァンは朝鮮労働党に入党し、将校になった。ついで四男ナムは鉄道大学に入学し、三男ヨンは理論科目三年を修了して飛行実習に移った。私たち家族は東欧共産圏諸国の崩壊に関連した国際情勢に注意しつつ、最後に残っているソ連留学組も全課程を消化して早く帰ってくることを祈った。これで長男のヒョンが無事帰りさえすれば、私の憂《うれ》いは何もなかったのだ。

しかし、私たちの願望をあざ笑うかのように、ソ連でも連邦を構成していた共和国が次々に独立を宣言、その一方で、なだれをうって韓国との国交を樹立していった。朝鮮労働党と政府はこれらの国々に激しい非難を浴びせた。

北朝鮮を取り囲む国際環境が悪化するにつれて、あらゆる厄介《やっかい》な荷物が私たちだけにのしかかってくるような重圧感をひしひしと感じ、また、歴史というものはなるようにしかならないものだと思うようになっていた。

最後の飛行機

最後に残されていたソ連留学組もいよいよ帰国することになった。長男のヒョンは、一九九〇年六月、先に実習を終えて帰国した金策《キムチエク》工大の教授に託して、印画紙二〇〇平方メートルとカメラ二台を届けてくれ、「これを生活の足しにするように」と言ってきた。その前年は冷蔵庫と服地も送ってきた。雀の涙ほどの奨学金を節約して、母と弟たちへの心遣いを忘れないでいると思うと、ありがたく、もったいない限りだった。

ヨーロッパ派遣留学生が、ふたたび国外に出る可能性を閉ざされ、国内の大学に復帰しだすと、ソ連にいる留学生も次は自分たちの帰国だと心得た。そんななかで、長男のヒョンと同じ大学に留学していた友人ナム・ミョンチョルとペク・チョルジンが韓国に亡命してしまった。

ナム・ミョンチョルの家は、わが家とは道路一本隔てたすぐ近くにあり、彼の父親が国家建設委員会の審査員である関係から、よく知っていた。ナム・ミョンチョルの亡命によって、彼の家族は咸鏡北道の林業の村へと追放された。

ペク・チョルジンの母親は金策工大の教授だったが、ペク夫婦は咸鏡南道に追放された。たまたま私の弟が同じ大学の教授をしていたので、追放されるとき荷作りを手伝っている。

私には他人事ではなかったが、ヒョンが、「ふたりが亡命したために、自分たちへの統制がとても厳しくなりました」と手紙で知らせてきたので、こんなことを書いてくるくらいだから、ヒョンは大丈夫だろうと胸をなでおろした。

この時期、私は光復通りの設計で現場に出ていた。そこで、東ピョンヤン火力発電所の設計のために、動力設計事業所に通うキム・ネイクという人と一緒に仕事をした。世間は広いようでも狭いもので、彼は小学校から高等中学校まで、夫の親友だったというので驚いた。

彼も息子がハリコフ総合大学に留学していて、やはりずっと心配のし通しだという。私たちは人知れずひそかに慰めあい、心配しながら、息子たちが無事に帰ってくることだけを願っていた。

やがて待っていたソ連からの留学生の撤収が始まった。チャーター便から降りてくる留学生は、生活必需品はすべて宿泊先に置いたままとのことで、全員がトランク一つだけ下げていた。私は、うちのヒョンがもう到着するだろう、もう帰るだろうと、待ち続けた。一日がまるで一年のような長さに感じられ、飛行機が着くたびに最後のひとりが機外に出るまで見守った。そんななかでも、どこそこの国に派遣されている留学生が逃亡した、といううわさが途切れることはなかった。それなのに私の息子は待てども待てども戻らない。私は、平静ではいられなくなって、何も手につかなくなってしまった。

そして、留学生を乗せた最後の飛行機がピョンヤンに到着したが、ついにヒョンは乗っていなかった。

ウクライナで一緒だった学友たちにヒョンのことを聞こうとしたが、彼らは、あきらかに私を避けて、「あとで来るでしょう」と、素っ気ない返事ばかりだった。気が動転してしまった私は家の中で倒れて、頭にひどい打撲傷を負ってしまった。家にいても職場にいても監視されているような、鋭い視線が私に突き刺さってくるような気がしてならなくなった。次男のグァン、三男のヨンも不安を感じ、手紙で兄の消息を尋ねてきた。

考えてみれば、栄光の留学生とはいえ、休暇も帰国も自由にならないし、その親にしてみれば、自由に手紙を出すこともできないのだ。そんな条件のなかで間違いが起きれば、親もろとも厳しい処罰を受けることになるのだから、現実は、自慢や誇りに思うよりも心配だらけだったのだ。

もともと留学は両親の社会的地位や財産の有無によって決定されていたが、このときを境に、高位層幹部は自分の子供の海外留学に消極的になったといわれる。そして、閉鎖社会である北朝鮮は、さらに海外との門戸を狭め、世界の情報や知識の輸入はなおさらむずかしくなった。

私は、職場で幹部から自分の名前が呼ばれるだけでも、緊張が電気のように体中を走り、周囲の些細な動きにも神経がぴくぴくするようになった。頭の打撲傷も一向に治る気配がなく、やむをえず入院治療を受けることになった。

そして、入院してまもなくのことだった。同じ企業所で働いていた妹が、興奮を隠せない様子で病室に飛び込んできた。

「姉さん！　ヒョンが第三国に亡命してしまった。すぐ姉さんたちを追放するようだから、早く準備にとりかかったほうがいい……」

どこかで予想していたとはいえ、その瞬間、目の前が真っ暗になった。

私は夫と死別したときでも、青い空と遠くの山々を鮮明に見ることができた。しかし、この瞬間、天が崩れ去ってしまうような恐怖に襲われ、頭の中は真っ白に、目の前は真っ暗になった。全身の力が抜けて、ベッドに突っ伏した。涙も出なかった。

「ちがうわ、ちがうわ、そんなはずはない……」

これはきっと悪い夢だと思って、自分の身体をつねった。痛かった。

「ああー、これは夢じゃないんだ、本当のことなんだ！」

夢でないとわかると、誰にぶつけたらいいのかわからない怒りが込み上げてきた。

「どうして。そんなはずはない、ヒョンは絶対にそんな人間じゃない……。誰かがうそをついているのだ。私の子があんまりできがいいものだから、妬《ねた》んで作り話をしているんだ……」

自制心を失いかけている私を見かねた妹が、

「お姉さん！　しっかりして。こうしている場合じゃないでしょう。早く対策をたてないと。まず病院から出ましょ」

退院手続きをとり、家まで連れ帰ってくれた。

学校から帰ってきた末っ子のナムも兄のことを知ると、まるで魂が抜けたようにその場に立ちつくした。妹は、

「ナム、お前までそんな状態でどうするの。こんなときほどしゃきっとしなさい。現実なのよ、現実……」

と言いながら、足で床をドンドンと踏んで、私たちに活《かっ》を入れた。急いで次男のグァンに知らせるために、ナムを走らせた。

家に戻ってきたグァンは落ち着いていた。

「オモニ、気を静めてください。兄さんのそういう行動はありうることです。でも、いいですか、オモニのそばには、まだぼくたちが三人もいるではないですか。これからはぼくがオモニをお守りしますから」

彼の口調は冷静だったが、怒りの表情が走るのを隠すことはできなかった。家族を裏切った兄と、兄にそういう道を選択せざるを得なくした政府と党、首領を呪《のろ》っていることが、母であ

る私にはよくわかった。

　後日、グァンはぽつりともらした。

「実は、自分もドイツで、同じことを考えたことがあった……」

　世間には、長男の亡命は極秘事項だった。本来なら、何も知らされずに、いきなり追放されるのだろうが、妹の夫がこういう系統の任務に携わっていたことから、命がけで知らせてくれたのだった。実にありがたい義弟の配慮だった。それから一〇日余りの間に心の準備と、追放されても生活できるように基本的な生活品を準備した。何の準備もなく、突然、追放処置に遭《そう》遇《ぐう》していたらと考えると、さらにひどい衝撃を受けていたにちがいない。事前に知らせを受けたのは、本当にありがたいことだった。

　その年の一二月二六日、上級機関から呼び出しを受け、告げられた。

「トンム（同志）の子息は留学生活を誤りました。党の処置で咸鏡北道ドンポ炭鉱に派遣しますから、二四時間以内に出発しなさい」

追放

　命令を受けて帰宅すると、職場の同僚が二〇人以上も来ていた。かます、と縄も準備してくれてあった。咸鏡北道行きの荷作りを手伝ってくれるためだった。こんなに心やさしい人たちに囲まれて、間違いのない冷酷な現実を眼前に突きつけられ、私は失神して、彼らに醜態をさらしてしまった。

国家保衛部の担当駐在員の監視、指導の下で、荷作りが始まり、生活道具がかますの中におさめられた。もう決して後戻りはできない。四人の子供と笑った日々も返らない。

その日は、ひどい吹雪《ふぶき》ですぐ目の前も見えなかった。それでも、ほとんどの親戚が集まってきた。彼らは荷造りの手伝いもせず、ただ突っ立って私たちの作業を眺めるだけだった。とびきりの栄光の一家の転落を目の当たりにして、彼らも気持ちがすっかり落ち込んでいた。

私の父と母は口を開けばぐちが出た。七二歳と七一歳というこの年になって、こんな不幸に見舞われるとは、想像もしなかったのだ。

「腹が立ってたまらないんだ。残念でくやしいよ。亡くなったおまえの夫は死ぬ日がわかっていても、最後まで忠誠を尽くしたし、おまえも若いときから子連れで苦労をし、夜も昼もなく忠誠を旨《むね》として懸命に働いてきたじゃないか。それをなんだね、調子のいいときは褒めそやしてばかりいたくせに、いざとなるとこんなやり方をするのか。

南朝鮮の林秀卿はこっちにきてあれこれ見て回ったが、彼女の両親はソウルにそのままいるじゃないか。おまえに何の過《あやま》ちがあるというのか。党に子供たちを任せたのだから、奴らが逃げないようにしっかりつかまえておかねばならなかったのは、党の責任じゃないか。自分たちのせいで逃がしておいて、親や弟たちにその責任をとらせるとは、勝手すぎるよ。こんな吹雪のなか、いったいどこに追いやるつもりなんだ……」

父も母も一九四五年からの朝鮮共産党員で、古参の熱誠党員であり、社会的に尊敬されている人たちだった。それなのにあまりに激しく党を批判するので、私の弟妹は、父や母が捕まるのを心配して注意した。しかし、父はむきになって声をふりしぼって続けた。

「捕まってもかまわん。なんなら、私らを捕まえればいいんだ。おれの娘には何の罪もないんだ。それなのに追放するっていうんだから」

父と母の娘を思う気持ちの深さと、そんな父母をこの年になって悲しませる自分の身の上が悲しかった。

同僚は、担当駐在員の目を避け、涙にぬれた熱い視線を、私に送ってくれた。これまでピョンヤン市は機会さえあれば、出身成分がよくないなどの口実をつけて、住民たちを追放してきた。同僚の中にも、追放されそうになった人たちが少なくなかった。そんな彼らを、私は細胞書記として党に保証し、ピョンヤンで暮らせるようにとりはからってやった。

その私が、ピョンヤンから追放されてしまうのだ。彼らは荷造りにも気を配ってくれ、荷物の中には、地方ではきっと手に入らないだろう生活必需品なども入れてくれた。そして、「きっといい日がくるから、頑張って生きて」と励ましてくれた。

そうした心遣いの一つ一つに、胸が締めつけられる思いがしたが、返す言葉がなく、うなずくだけだった。

命令が出てから、きっちり二四時間以内に荷造りを終えて駅まで運び、末っ子のナムと私は当座の食糧や生活用品、身の回り品と、金正日から贈られたカラーテレビを持って駅に向かった。このときはもう誰の見送りもなかった。けれども、アパートの人たちは窓越しに無事を祈ってくれていた、とあとで聞いた。追放される私たちに同情したり、激励するなどしたら、自分たちの身の上だってわからない。心の中で行く先の安全を願ってくれていたという。ナムはたった四ヵ月で大学生活を終えることになってしまったが、運命を受け入れて、冷静だった。

空っぽのリュックサックを背負った次男のグァンとは駅で落ち合った。グァンは三ヵ月前、ピョンヤン高射砲司令部の指揮部に配属され、大きな期待に胸を膨らませていたのに、この不祥事で、やはり突然、徐隊になり、炭鉱行きを発令された。

駅には友人たちが来てくれた。交わした議論、一緒に覚えた公式や数字、動員されていった炭坑や水田の思い出、さまざまな断片がよみがえってきて、言葉にならなかった。三〇年かかって培《つちか》った友情も、今日を最後に引き裂かれてしまうのだ。

私にとっては母親であり、実の姉のようでもあった夫の兄嫁は、これから先、自分たちにも降りかかるかもしれない不運も意に解さず、涙もぬぐわずに手をとってくれた。走り出した列車に追いすがり、なおも別れを惜しんでくれた。

列車は私たちの未練を断ち切るように、最北端の国境の町、咸鏡北道穏城郡へ向かって、暗闇の中、速度を上げた。

さようなら、ピョンヤン、と私はつぶやいた。三〇年以上もの歳月を過ごしたピョンヤン。ここで大学を卒業し、党員になり、夫にめぐりあい、四人の子供を育ててきた。自分の手がけた建築も、数え切れないほどあるこの街を、私は見張りの護送員つきで追われるのだ。

ふたりの護送員は、私の職場の同僚だった。彼らは私が入党保証人になって入党を果たした、誠実な人たちだった。保衛駐在員の目が届かなくなると、心から同情し、希望を失わないで生きるようにと、何度も慰めてくれた。私は、やさしい彼らが同行してくれることに感謝した。ただ、彼らも、自分がチャン・インスクの護送員をする日がくるとは、夢にも思わなかっただろう。護送されるものも、するものもつらかった。

それにしても、列車の中は乗客であふれかえり、身動きもとれなかった。樽いっぱいに育った大豆もやしと変わらなかった。トイレに行くのにも一時間もかけて人をかき分けて進まなければならなかった。

割れた窓ガラスからは、風と雪が吹き込んだ。超満員の車内だというのに、手足が凍え、持ってきたおにぎりも凍り、口の中で溶かしてから、のどに流し込まなければならなかった。

それでも、私は寒さも、空腹も、眠たさも何も感じていなかった。迫りくる不幸と圧迫をどう耐えてゆけるのだろうか、それを思うだけで、感覚をなくしていた。第三国へ亡命したという長男ヒョンは、どこにいるのか、生きているのか、知りたい。一目会いたい。航空士官学校にいるヨンは、無事だろうか。いじめられていないだろうか。ふたりのことを思うと、胸が張り裂けそうだった。

背丈ほど積もった降雪のため、列車は何度も立ち往生した。除雪しながら、のろのろと前進した。駅で停車するたびに、われ先に乗車しようと殺到する人々の群れに、また出発が遅れた。ピョンヤンから途中駅の清津までの約四〇〇キロは、電気機関車で引っ張っていたのだが、電圧不足でしばしば途中で停車した。果たしていつになったら目的地に到着するのか、見当もつかなかった。もともと不通ばかりで本数が限られているのだから、たまに走る便に人が殺到した。

たまたま清津あたりで乗り込んだ乗客が、私たちがこれから送られるドンポ炭鉱、全国で一二ヵ所あるといわれる政治犯収容所の一つである、その炭鉱のことをそれとなく話してくれた。

「あそこもよく知られた政治犯収容所なんだけどね。最近は一般社会化していて、昔ほどひどくはないやね」

　そんな話に、私たちは少し胸をなでおろした。これから先、おそらく死ぬまで穏城の土地で生きていかねばならないのだ。少しでもいいほうへ、いいほうへ受け止めるように努力しようとしていた。

　清津と穏城の約一二〇キロ間は、蒸気機関車に替わったが、積雪のために遅れただけではなく、蒸気の圧力不足で何度も立ち往生した。本来ならピョンヤンから二六時間の行程を、七〇時間以上もかかってやっと穏城駅に着いた。一九九〇年大晦日の早朝だった。

　このときの私の姿は、まったくひどいものだった。唇は腫《は》れあがり、眼は充血し、鬼か亡霊かという姿だったのではないだろうか。

　駅では黒塗りの自動車が待ち構えていて、私たちを深い山奥の炭鉱の政治犯収容所に連れていくのではないだろうかと、神経を尖《とが》らせたが、ただ雪が積もっているだけだった。北緯四三度の真冬、雪と氷の世界だった。

　それよりも、列車から降りるやいなや、数人が体当たりしてくるのでびっくりして身構えた。だが、彼らはひったくりでもなんでもなかった。このあたりにたむろして商売をしている在中国朝鮮族で、駅に列車が着くたびに、かつぎ屋から品物を買い取ろうとして、先を争い、奪い合いをするのだ。ピョンヤンから来た私たちは、追放の身とはいえ、ふつうの人から見れば、はるかに大きな荷物を持っていて、かつぎ屋と間違えられたのだった。

　護送係として同行して来た職場の同僚ふたりは、穏城郡労働課に私たちを引き継ぐと、折り返しの列車でピョンヤンへと帰っていった。その引き継ぎのときに、彼らは非常に好意的な申し送りをし、これから先、「この人たちのことを、くれぐれもよろしく頼む」と担当者に念を押してくれたそうだ。

　追放処分を受ける私たちのような家族の引き渡しには、犯した罪状に添えて、今後、徹底的に監視をするように強調するのがふつうなのだ。現地の受け入れ担当者に、穏便に取り扱うようにと、わざわざ告げるのは、常識では考えられないことだった。

第八章

さい果ての地

追放の果て

明ければ正月。炭鉱で働く人たちも、ほとんど自分の家に帰って家族で正月を迎えるという。まだ住まいのない私たちは、穏城村《オンソン》で唯一の旅館、旺載山《ワンジエサン》旅館に宿を求めた。国営の旅人宿である。

ふたりの護送員が私たちについて、好意的な評価だけを引き継いでくれたことと、人民軍中尉の徽章《きしょう》をつけた軍服姿のグァンの説得力ある話し方に、郡労働課の職員は、私たちに特別な配慮をしてくれたようだった。旺載山旅館の責任者に、よく面倒みてやるようにと指示してくれ、そのため旅館は、突然の私たちを特別に受け入れてくれた。

このとき、次男のグァンは、まだ二二歳とはいえ、すでに多くの辛酸を味わっていることもあり、それなりの風格もあったし、自分がわが家の世帯主であるという立場をきちんとわきまえていた。

旺載山旅館には、客はほとんどいなかった。部屋はオンドル床だったが、冷え切っていて体が凍りそうだった。

雪に埋もれた何もないこの最北端の地、こんな場所でも、人々はそれなりに忙しそうに行き

かっていた。そんな人々を見ながら、

「あの人たちには、あったかいオンドル部屋もあるんだろうなあ。仕事場もあるだろうなあ」

羨ましくてため息をついた。

冷たい部屋の中でこれから先の試練を想像すると、この世の中に何の未練もなく、死んでもかまわないという気持ちになった。でもまたすぐに、三人の子供が結婚するまでは、とても死ぬわけにはいかないとも思った。

明日は正月、生まれて五一回目の正月になる。グァンとナム、ふたりの息子をそばに置いて、静かに聞いた。

「おまえたちは一番上の兄さんを恨んでいるかい」

しばらく沈黙があった後、

「恨んでいません、兄さんは絶対にぼくたちを捨てていません。きっと大きな考えがあってのことです。ぼくたちの基本は上の兄さんに会える日まで、オモニをしっかり守り通すことです。オモニ、ぼくたちをみて元気を出してください。オモニが倒れてしまうと、ぼくたちの家族はもう立ち上がることができなくなります」

期せずして、同じことを言った。ふたりは、人前では長兄を「非法分子」「背信者」と罵《ののし》っていた。けれども、心の中には今もなお兄への信頼と愛情しかないと知って、私ももっと強い母親にならねばと決心した。

いとおしい私の子供たち、私に生への愛着を深く植えつけてくれた頼もしい子供たち。私たちは肩を抱きあい、これから先、どんな試練が待ち構えようとも、後退《あとずさ》りせず立ち上がろうと誓い合った。

その日の夕方、郡労働課の労力配置担当の需給指導員が、旅館にやってきた。不安が走ったが、彼は私たちから事情を聴取すると、

「心配しなさんな、ここも人間の住んでいる場所です」

と言い、息子たちには、

「お母さんを大事にしなさい、そうしたら必ずいい日がくるから」

と言葉をかけてくれた。

「これからは親戚同様に助けあって生きていきましょう」

地獄に仏とはまさにこんなときの言葉なのだろう、と思わずにはいられなかった。私たちは、その人のことを自然に「貴人」と呼んだが、翌元日の朝、正月のご馳走《ちそう》を準備して、私たちを自分の家に招いてくれた。世の中には、こんなに心やさしい人もいるのか、と私は感激した。気がねのいらない歓待に、息子たちはその人のことを「兄さん」と呼んで慕《した》った。恐怖と不安の渦《うず》の中に、明るい光を見つけたような気がした。

その人は、言った。

「あんたたちはいいタイミングでここに来たものだ。一月五日までは業務はないから、その期間、清津《チョンジン》まで出かけて北部地区石炭工業総局の幹部たちに会ってくるといいよ。そこで『配置を正しくお願いします』と頼んでくるんだね。なんたって、ドンポ炭鉱に行ってしまえば、それっきり。一生抜け出すのはむずかしいからさ」

「炭鉱は、そんなにひどいところですか」

「ああ、あそこはね。交通手段もないんだ。政治犯収容所があったところだから、何もかも最悪。炭鉱しかないいし、家もない。あそこではみんな坑内で暮らすんだからね」

彼の心遣いが身にしみた。

乗客から車内で聞いた、ドンポ炭鉱が今は一般社会化しつつある、という話はでたらめだった。

旅館に戻ってきてから、私たちは金正日《キムジョンイル》からの贈り物であるカラーテレビのスイッチを入れた。旅館の管理員がもの珍しそうに見にきて、そして、家に帰れなかった何人かの客が加わり、いつしか部屋は人で埋まってしまった。穏城村一帯では当時まだカラーテレビはなかったのだ。

テレビを見ながら、これが金正日から貰《もら》った贈り物だと教えてあげると、みんなは驚いて、私たちを見る目も態度も変わってしまった。管理員と食堂のおばさんたちは早速、特別食を作って部屋に運んできたし、寝具も他の部屋から持ってきて、増やしてくれた。この最北端の地の素朴な人たちに対して、一台のカラーテレビが持つ威力は小さくなかった。カラーテレビを持っているだけで、私たちは期待と称賛を浴びたのだった。満員列車の中を大事に運んできたかいもあった。

みんなが引き上げて、三人だけになるとまた、息子ふたりの胸の内を確かめないではいられなかった。

「ヒョン兄さんが、北朝鮮の保衛部員に捕まらないことだけを願っています。たとえどこにいても体だけは元気でいてほしい」

ふたりの気持ちは、変わらなかった。このふたりがいるのだから、私は大丈夫、もっと強く生き抜こう、と、静まり返った闇の中で繰り返していた。

またいい日がくる

その夜のうちに、グァンは三男のヨンを訪ねて鏡城《キョンソン》航空士官学校まで行った。列車で約半日を要する行程だった。

グァンが東ドイツへ留学する前にヨンに面会に行ったとき、一級飛行士でもある航空士官学校の教員は、グァンを最高の待遇で迎えたばかりか、自分の娘と結婚を前提に交際してはどうかと、娘をちゃっかり紹介した。娘は清津第一師範大学で学んでいたが、父親が自慢するだけあって、いい娘だった。

しかし、手のひらを返すとはこのことで、かつて将来の婿候補として手厚くもてなしてくれたグァンを、家に入れてくれないばかりか、けんもほろろに追い返した。

弟にも面会できず、寒風の吹き荒《すさ》ぶなかをボロ服を身にまとったグァンは、唇をかみながら戻ってきた。全身が凍傷の一歩手前で、旅館の部屋に入ると同時に倒れてしまった。ただ、ヨンも何日かしたら、徐隊になること、そのときは私たちがいる場所に来るという、知らせだけは持って帰った。

冷え切ったグァンを、私とナムふたりの体温で必死に温め続けて、何とか起き上がれるように体をほぐしてやった。

次の日、私は清津の北部地区石炭工業総局を訪ねて行くつもりだった。専門学校時代の上級生、あの「オッパ」が、確か総局でどの部署かの幹部をしているはずだから、少なからず期待をしていた。そのことをふたりに伝えると、

「お母さん、その人なら、ぼくが今日、帰りがけに清津で会いましたよ。なんでも数ヵ月前に

昇進して、総局のナンバーツーになり、建設部門業務を担当しているというのです。ぼくが訪ねたことがわかると、会ってくれたんです」

私は、こんな偶然があるのかと驚いて、グァンの次の言葉を期待を込めて待った。オッパはグァンに言ったそうだ。

「私はきみのお母さんを信じている。はからずもきみの兄という人は反逆してしまったが、きみのお母さんは、決して赤旗を捨て去るような人間ではない。党と首領にあれほど忠実だった人なんだから」

その後の言葉が続かず、別れるときに、

「家に帰ったらお母さんを元気づけるんだよ。必ずまたいい日がくるから、諦《あきら》めてはいけない」

と励ましてくれたという。

私は、それだけでもう十分だと思った。これ以上、この地で望んではいけない、と自分に言い聞かせた。

「またいい日がくる」

心やさしい人々は、みんなそう言う。この人たちが言うんだから、きっとまたいい日は、本当にくるんだろう。信じよう、と私は思った。

「民族反逆者の家族」として追放されてきた私たちは、人々から後ろ指をさされ、相手にされず、蔑《さげす》まれて生きていくのだろうと、恐怖と不安のかたまりになって穏城へやってきた。ところが、実際は、どうだろう。人々はみな情にあふれ、温かい。需給指導員も旅館の人たちも、みんな私たちに自分の親戚のように接してくれる。ありがたいことだった。

私たちが何日もこの旅館に投宿していたものだから、管理員のおばさんは同情して、自分の家に移って来ないかとまでいってくれた。

五日後に、軍人の護送付きで三男のヨンがやってきた。北朝鮮であらゆる面で待遇が一番いいといわれる航空士官学校にいた彼だったが、追放者だからか、この寒さの中で外套《がいとう》もなく、空のリュックだけを手にしていた。

まだ二十歳のヨンは、今日、私たちと会うまで、ひとりぼっちでどれほどの涙を流しただろうか。でも、ここならみんな一緒に、安心して泣ける。私たちは手を取り合って泣いた。

ヨンはそのまま赤ん坊のように寝入った。深い眠りだった。この何日かの間、張り詰めていた気持ちが、ようやくゆるんだにちがいなかった。

次の日、副総局長職のオッパ、その人が訪ねてきた。彼は、私たちやヒョンのことを、何一つ非難するわけでもなく、温かな笑顔でつつんでくれた。それだけにいっそう私は悲しかった。息子たちは「おじさん」と言って、彼にまとわりついた。父を早く亡くした子供たちは、オッパに父親のにおいを感じたのかもしれない。オッパも気安く「こいつらめ！　大きくなったな」と言いながら、すすりあげていた。

オッパは、私に、

「私が、おまえを保証しよう。一緒に仕事ができるよう、なんとかしてみよう」

と言ってくれた。北部地区石炭工業総局の副総局長が、私を保証してくれるというのだ。力のある彼の保証を得ることにより、ドンポ炭鉱行きを免《まぬが》れられる。地獄行きの列車に押し込められたところで、デッキから途中下車を許された、そんな奇跡にも等しい夢のような話だった。

オッパのおかげで私は、北部地区炭鉱設計事業所の穏城分室に配置を調整してもらえた。大幹部が保証をしてくれたから、誰からも横槍《よこやり》を入れられることなく、私は設計員となることができた。なんという幸運にめぐりあったのだろうか。反逆者家族として追放処分の私には身に余る新しい職場だった。これまでと専門は異なっても、生涯を設計畑で働いてきた私にとって何の不足もない。新たな任務遂行に尽くせることになったのだから。

北部地区石炭工業総局は、清津に設計事業所の本部があり、大きな炭鉱地区に六つの分室を置く炭鉱設計事業所は、職員が一八〇人いて、穏城分室には約三〇人が働いていた。私もその一員になったのだ。

山間奥地のドンポ炭鉱ではなくて、穏城炭鉱に配置されただけでも大満足だったが、ただ一つ、住まいだけは大きな不安があった。この国ではとくに出身成分に可もなく不可もなければ、質はよくなくとも、国家が家をあてがってくれる。しかし、追放者の私たち一家にそれは望めない。といって、一月というこの時期に、空家を見つけるのは難題だった。いつまでも旅館にいるわけにはいかないし、そうそう人の親切をあてにするわけにもいかない。

しかたなく、設計室幹部や同僚となる人たちの斡旋《あっせん》で、築七〇年が過ぎた古い一軒家をヤミで買うことにした。老いた女性がひとりで住んでいる家で、押すだけで今にも倒れそうなひどい建物だったが、持ってきた財産をかき集めて買い取った。もはやどんな立派な屋敷も羨ましくはなくなった、私たちの新しい住まいだった。

次男のグァンは穏城炭鉱に、三男のヨンは鶏農場に、四男のナムは鉄道線路班労働者の線路工にと、それぞれの職場も決まった。厳しくて辛い職場であっても、仕事が持てたことは私たちに新しい力と勇気を与えてくれた。

私たちは、誰が見ていようとなかろうと、誰かにやらされようとどうだろうと、選り好みせずに、家族のひとりが犯した過ちを血と汗であがなおうと、仕事に全力を捧げた。

気温が零下三〇度以下にもなる酷寒、保線作業に従事するナムは、手、足、耳が凍傷にやられ、手には節ができた。

一日中、鶏の糞《ふん》の片付けをしているヨンは、全身に糞の匂いが染み込んだまま帰宅した。グァンは体中、石炭の粉末にまみれて戻ってくる。汚れを落とし、疲れを癒《いや》す風呂場もなかったが、誰もぐち一つこぼさずに真面目に働き、帰ってくると泥のように眠り込んだ。

あれから三ヵ月が過ぎたというのに、ピョンヤンから穏城へ送った引っ越し荷物が、到着しなかった。間に合わせの布団だけでは、四人の体を包むことができなくて、私はいつもふるえていた。なにしろ、天井から空が見える家だったのだから。

それでも私たちは曲がりなりにも四人一緒に暮らしているからいい。「上の兄さんはどこでどうしているのか」と、それればかりが案じられた。

国際貨物

私たちが住んでいる場所から、わずか四キロほど行くと、わが国の最北端を示す「咸鏡北道《ハムギョンプクド》穏城郡風西里」という碑が打ち込まれている。そこから豆満江《トウマンガン》を渡れば、中国の図們《トゥーメン》市である。川一本で国境が分けられている。

この穏城の地は一九三〇年代の初期、満州で抗日運動をしていた金日成《キムイルソン》が、豆満江を渡ってきて国内闘争を指導した土地でもある。そのために、旺載山に一九七六年、記念の金日成銅像を大々的に建立した。

金日成みずから、ここには二度もやって来て現地指導をしたので「一号郡」と称し、ここに暮らす住民たちからは栄誉と誇りと、強い思い入れが感じられた。また、旺載山協同農場は、金正日が視察したところだということで、咸鏡北道ぐるみの支援が惜しみなく注がれていた。

国境地帯に位置している土地だけに、ここに来るためには、ふつうは承認番号をもらわねばならないそうだ。そのために比較的、住民の成分もいいということだ。私のことは、「ピョンヤンでも有名だった人物が、息子のせいで追放されてきたが、一緒に来たほかの息子たちは秀才揃いで、人間がよくできている」といったとても好意的なうわさが流れるようになった。

設計事業所の幹部は、同業者として私のことをちゃんと理解してくれ、さまざまな面で便宜を計ってくれようとしているのがわかった。設計室ではみんなが家族のように扱ってくれた。キムチ、ジャガイモ、大根、白菜などを副食品用にと分けてくれた。それればかりか、わがボロ家の補修をやったほうがいいといって、手を差し伸べてくれた。私たちは残った家財道具を処分し、余分な服も生活必需品も売りさばいて、セメント、砂、レンガなどを買った。処分できるようなピョンヤンからの引っ越し荷物も、遅い春とともにようやく到着したのだ。

一生懸命働くことが、オッパにも、穏城の人々の親切にも報いるただ一つの恩返しだと肝に銘じた。

家の補修が終わると塀《へい》も廻《めぐ》らした。庭には生まれて初めて、野菜やジャガイモを植えた。種から芽が出てくるのが、楽しみになった。新しい土地で私たちの生活が根づき、芽が出るようにと……。

そんなときに、ピョンヤンから電報が届いた。ふるえる手で開くと、「国際貨物到着、早急に引き取ること」とあった。もとのアパートの人民班の班長が打った電報だった。国際貨物って、どこから、どうして、と次々と疑問がわき上がった。

電報の一件を知ると、設計事業所の幹部たちは設計審査という口実を設けて、ピョンヤン出張を提起してくれた。残念ながら、これは否決されてしまったが、郡の社会安全部の政治部長を訪ねて事情を訴えると、ピョンヤン行きの承認番号をくれた。

実をいえば、ピョンヤン行きの承認が下りない場合のことを考えて、非合法でグァンが先にピョンヤンに旅立っていた。そこに私とナムが駆けつけて合流した。

そのような本当の話だったが、西ピョンヤン近くの貨物駅・西浦《ソポ》駅に、長男のヒョンがソ連から八ヵ月前に送った貨物が到着していたのだ。なんの事情も知らない貨物駅では、宛名に書かれたアパートに連絡を出した。そこで人民班長が穏城まで電報を打ってくれたのだ。しかし、すべては後の祭りだった。留学生四人が共同で送り出した貨車一両分の荷物は、すっかり梱包《こんぽう》が解かれていた。

国際貨物が到着すると、まず国家保衛部に報告される。当然ながら、亡命したヒョンの持ち物はその場で没収されてしまった。その前にヒョンの持ち物でも値の張るものは、学友たちがそれぞれ自分のものだと主張して、分けてしまったそうで、残った大きな家具類だけが没収されることになったという。わざわざ受け取りにきたのに、受け取るものは何もなかった。

そのとき一緒にドニエプル工大で勉強していたキム・グァンイルがたまたま居合わせて、私たちの境遇を察してくれ、二〇〇〇ウォンのお金をカンパしてくれた。北朝鮮の平均月給は一〇〇ウォンだから、それは大金だった。私はありがたくいただいた。

ピョンヤンまで来たついでに、私は元の設計事務所を訪ねた。

誰もが私たち家族は、政治犯収容所に送られたものとばかり思っていたのに、正規の承認番号を持ってピョンヤンに現れたので、最初はぽかんとしていた。地方に追放されれば、その地の郡労働課が配置する職場、たいていは苦役に等しい肉体労働をあてがわれ、一生それから抜けだせないというのが知れ渡っている。もとの同僚たちは、死んだ人間が生き返ったかのように驚き、再会を喜んでくれた。

私が、穏城の設計事業所の設備や道具の不備を訴えると、それぞれが自分の設計器具や資材を差し出したり、参考文献なども出してくれた。必要なら、いつでもまた訪ねるように、応援も惜しまないという彼らの友情に何ら変わりがないことをあらためて知り、うれしかった。

　両親と弟たちのところも訪ねていったが、みんなの喜びようは尋常ではなかった。そして、自分たちにとっても貴重な洗濯石鹼、化粧石鹼、履物、靴下、歯磨き粉、学習ノート、インク、電球などいろいろな生活必需品を惜しみなく持ち寄り、手渡してくれた。ここでも私は、彼らの好意と期待に必ず応えられるようになろうと、固く心に誓った。

　穏城に戻ると早速、設計事業所にピョンヤンのおみやげの設計資材や参考書籍を持っていった。大喜びして手に取る彼らの顔がまぶしく、新鮮だった。親戚や友人が持たせてくれた品々は、家の修理の手伝いをしてくれた職場の人や近所の人への手みやげにすると、宝物でもあげたように感謝された。

　近所の人たちはカラーテレビをとても珍しがったので、その人たちのために家はいつも開放しておき、好きなときにテレビを見られるようにした。が、なかでも老人たちの驚きと喜びようはなかった。

「すごいものを見ることができた！　これでもう、いつ死んでも何も思い残すものなどない」とまで言うのだった。

　遠くピョンヤンに憧れを抱いている彼らに、首都の様子なども話して聞かせたところ、わが家のことを小さな映画館だと言う人もいた。やがて、誰いうともなく「ピョンヤンの家」とも呼ばれるようになった。こうして私たちは、穏城の人になろうとしていた。

次男の婚約

しかし、私たちは所詮、よそ者だった。祝祭日ごとに親戚どうしが親しく行き来するこの土地の人たちを見ていると、離れてしまった両親、きょうだいを思い、気持ちの中に、空洞がぽっかり開いているような気がした。穏城周辺に、誰ひとり親戚もいないし、生まれ育った富寧《プリヨン》にさえ行くことができない身が切なかった。

そんなところに持ち上がった次男のグァンの縁談は、願ったりかなったりであった。二五歳という年は結婚にはまだ若すぎる感じもしたが、しっかり者のグァンは、結婚しても十分に一家を養っていける責任感の持ち主だった。

私の同僚の妻が、地元の人民学校で教員をしていた。その人の仲介で見合いをしたのだ。相手の娘の実家は、穏城ではかなりの有力者だった。本人の名前はキム・ジョンエ。清津師範大学を卒業していた。父親は名前をキム・ヒテクといい、穏城炭鉱の坑長を務め、炭鉱のナンバースリーに入っていた。母親の名前はチェ・チュンシル、炭鉱の栄養士で食堂責任者かつ後方課細胞書記であり、弟は人民軍に勤務していた。

そんなひとり娘と見合いするということは、今の私たちには過分な話だった。私たちのような民族反逆者の家族の烙印《らくいん》を押されてしまった家に、申し分のない家柄で育った、聡明できれいな娘を嫁にくれるというのは、ふつうでは考えられない。

当然、向こうの親戚の一部には強い反対があった。しかし、それを押し切って娘本人と、両親が承諾したのだ。それも「ひとえに婿になる人間の、男としての人物を見込んでのこと。残りの兄弟、母親を信じて決心した」と言うのだった。

気骨のある男グァンは周囲の娘たちから結構、好感を持たれていたようだった。それでも彼と生涯をともにしようとまで意を決したのはこの娘だけだったので、彼女にはほんとうに頭が下がった。

さらにありがたいことに、この娘の父方の祖母という人が、孫娘の婿のためならば空の星でも取ってこようというくらいグァンのことを気に入ってくれた。

無口だが、正直で裏表のない母親、義侠心に富んだ父親、こんな人たちと親戚になるのだと思うと、私たちには分不相応の幸せだった。

私たちは慎ましやかな婚約記念の品を準備し、婚約式が円滑に行われた。この瞬間から、両家はもっとも近い親戚になり、細かなことでもなんでも相談をするようになった。よそ者の私たちにとって婚約者の家はなによりの支えになったし、これまでの私たちの乾いた寂しい生活に彩《いろど》りを添えてくれた。

そんな慶《よろこ》びにわく冬、東ドイツ留学時代のグァンの友人で、海軍大学に通うシンという青年が、ふいに訪ねてきた。

彼の話によると、東ヨーロッパ共産圏の崩壊で、着のみ着のままで祖国に連れ帰られた留学生、実習生が現地に残したままにしてあった財産を、国が係官を派遣して持ち帰ったのだという。その中に、グァンの財産であるズボン一本と鞄があったといって、わずかな私有物をわざわざ遠路はるばる、届けにきてくれたのだ。

なぜ、グァンの財産がズボンと鞄だけなのかはわからないが、回収するために派遣された係官、北朝鮮でそれを保管していた人民武力部後方局、または他の友人が、そのところどころでくすねてしまったようだ。

だからといって、「いや、もっとあるはずだから、全部を返してくれ」と訴えることはできなかった。たとえ訴え出ても、個人利己主義者と批判を受けるのが関の山で、「民族反逆者の家族が何を言うか」と罵倒《ばとう》されただろう。もともとこの国では、探し物は決して出てきたためしはないのだから、現実を素直に受け入れるほかはなかった。こんな風潮なのだから、わざわざ届けてくれたその友人の誠実さに頭が下がった。

一着のズボンよりも、友人がこうしてわざわざ訪ねてきてくれたことを、グァンは喜んだ。帰国後のみんなの様子や近況などあれこれ話は尽きなかった。その友人は私たち家族が落ち着きを取り戻しつつあることや、グァンの婚約を喜び、祝福してくれた。

三男のヨンの航空士官学校の同窓生たちは、旺載山革命戦跡地巡りのついでに、わが家を訪ねてくれた。そして、思いもかけないエピソードを話してくれた。

ヨンが軍人の厳しい護送員付きで、誰からも見送られずに学校を去るとき、彼らはひとり寂しくたたずんでいるヨンのために、出発する駅の上空を飛行機でお別れの旋回をしてくれたというのだ。

「栄《は》えある万景台《マンギョンデ》革命学院の卒業生であり、兄さんがふたりも外国に留学に行っているきみのことを、みんなすごく羨ましくて仕方なかったんだよ」

「そんなきみが突然、追放だなんて、ぼくらもすごくびっくりしたんだ」

などと話す彼らは、厳しい監視の目をくぐって、この草深い家を探しあてて、訪ねてきてくれたのだった。いろいろな情報ももたらしてくれ、

「挫《くじ》けないで頑張っているご家族を見て安堵《あんど》しました」

と言って、帰っていった。

私たちが有力者の家と婚姻関係になるのを見越し、私たちに対する接し方を変える人も、少なからず出てきた。そんなとき威力を発揮したのは、金日成父子と写した四枚の写真、金正日表彰状、金日成の名が刻印された「実名入り腕時計」、そして金正日の下賜品であるカラーテ

レビだった。これらがあることで一目置《いちもく》かれ、ぞんざいな扱いをしたり、無視してはならないと、思った人が少なくなかったようだ。

職場の人たちと近所の人たちの素朴な温かさと、陰ながら見守ってくれているいい友人の情につつまれて、私たちはより慎重に、より努力し、暮らしていた。

同級生

最北の政治犯収容所へ送られる、と知らされたとき、私は自分の運命を呪った。けれども、すんでのところでそれを逃れて、穏城の村に落ち着くことができた。そして、曲がりなりにもここに生活基盤を築いてみれば、この地を与えられたことは、幸運だったと思うようになった。咸鏡北道で生まれ、専門学校まで卒業した私にとって、穏城の周辺には古い友人たちが少なからずいた。

清津第二中学校時代の親友だったヨン・クムジョンは、不足しがちな生活必需品のおみやげを持って、夫と子供を連れてわざわざ清津から訪ねてくれた。私たちは、たちまち中学生時代に戻って、友情を確認し、この先も変わらぬ友情を誓った。

専門学校の同窓生、チョン・スンヒは、「こんな近いところに住むようになってうれしいわ」

と言って、何かと援助してくれた。彼女は私よりも二歳年上だったが、私のことを「お姉さんみたい」といって慕ってくれた。

彼女は国家計画委員会の局長である夫と、一時ピョンヤンに住んでいた。専門学校の卒業生で、ピョンヤンにいたのは私と彼女だけだったから、しょっちゅう行き来していた。ところが、国家計画委員会の幹部らは人民経済計画を計画通り遂行できなかった責任を問われ、一九七六年、大量に解雇追放された。彼女の夫も例外ではなく、金策《キムチェク》製鉄所の生産課指導員に更迭《こうてつ》されてしまったのだ。

私は月に一回は清津に行き、彼女と会えば昔話や今の暮らしについてしゃべった。職場の設計事業所の本部が清津にあったから、設計事業所本部での会議、党生活総括、設計審査や協議などのために、公務として清津へ出張する機会はいくらでもあり、制限なしで旅行証明書がもらえたのだ。

穏城−清津間は列車で七時間の距離だ。そのときどきで列車だったり、設計事業所の車で行ったりした。専門学校同窓生のパク・ソンは駅まで出迎えにきてくれ、帰りも途中の食事の準備までしてくれた。

パク・ソンとは一〇代のころに恋人だとうわさされた甘い思い出がある。でも、私たちは変わらぬ友情を守り通し、私が穏城にきてからまた親しく顔を合わせるようになった。彼は出張の途中に回り道までして、わざわざ私の家まで訪ねてくれたりして、不慣れな土地でとまどう私たちを助けてくれた。

専門学校時代の恩師、担任教員のホ・ドンジン先生は都市経営設計事業所の審査室長をしていたが、やはり昔と変わらずに私を支えてくれた。各種の設計参考書も貸してくれた。

あるとき、私たち同窓生はホ・ドンジン先生を囲んで、みんなで集まった。真夏の夜のひととき清津市の海辺で、四〇年前の青春の日を懐かしみ、語り合った。誰も彼も、「民族反逆者の家族」の烙印を押された私を、特別な扱いはしなかった。そのさりげなさがうれしかった。

入党保証人であるキム・グンジンは某建設事業所の技師長の重責を担っていた。彼もまた妻のカンさんとともに、私の暮らしを気遣ってくれた。彼は、私が入党するとき、「チャン・インスクについてすべての責任をとります」と党組織に誓ったが、今もその約束を守っていた。

人を貶《おとし》めるのも人だが、人を支え、勇気づけるのも人だ。大きな挫折を経験した私だが、人に支えられて、ゆっくり起き上がっていく自分を感じていた。

いやがらせ

「あんな家族にどうして同情するんだ。絶対にあんな家と親しくするんじゃないぞ。いいか、われわれが見張っていることを忘れるんじゃないぞ。気をつけるんだぞ」

私たち一家に親しみを持つ人たちに、党組織と保衛部は、こう言って露骨な脅しをかけた。私たちはつねに当局の厳しい監視のもとにあった。私たちに親切にするものを威嚇《いかく》したばかりか、近所の人に私たちの監視という任務まで負わせた。

私たちもそれを心得ていたから、一言一言の言葉遣い、行動一つ一つに細心の注意を払った。弱電技師になるはずだったグァンが、重労働の製管作業に明け暮れても、空を飛んでいたヨンが一日中、鶏糞を担いで運ぶのも、私たちは運命だと思い、不満は口にしなかった。

息子たちは学習会に出ることもあった。しかし、そこでグァンが発言しようとしても、「分相応にふるまえ」と言って、発言できないようにした。たまに発言を認めても、

「おまえのできがいいんじゃないんだってことを、忘れないように。これまでおまえは党の金で勉強してきたんだ。だからいっぱしの口もきけるんであって、これからは肉体労働で償《つぐな》ってもらうからな」

と、党幹部と保衛部員たちは言った。しかしこうしたいやがらせにも、耐えるしかなかった。

ヨンは兄弟中でも一番体格がよく、体力も義侠心もあった。仕事に骨身を惜しまず、困難で危険なことでも進んでやったから、勤め先の養鶏場以外の工場でも、ほかの人間では手に負え

ないようなむずかしい仕事があると彼が呼ばれた。それだけ評価もされていたのだ。

あるとき、郡社労青の表彰者を決める打ち合わせがあって、社労青の委員長はヨンを推した。書記や支配人も賛成して、彼に決定、表彰状が渡される段取りとなった。

ところが出張から戻ってきた郡党書記が、このことを知ると、「自分の留守に勝手なことをした」と怒って、社労青委員長を追及した。

「チョン・ヨンのような奴はきつい仕事をしてあたりまえなのであって、われわれが口で褒めるのは表面だけのカモフラージュでそうしているのだ。そんなことも見抜けないで、本当に表彰してしまうとは許しがたい不手際だ。早速その表彰状を上部に返せ」

党書記はかんかんになって怒った。

ところが、社労青委員長も一筋縄ではいかない人物だった。この措置に憤慨して、その夜にはもうわが家に表彰状を持ってきてしまった。そして、このいきさつを話してくれ、「今、聞いたことは絶対秘密を守るように」と念を押して帰っていった。

息子たちは前から社労青表彰状を何十枚ももらっているから、慣れっこになっていた。しかし、こうした厳しい環境で、それでも目をかけてくれる人がいるのだと思えば、何の疑問も感じずに受け取っていた学生時代の表彰状とは、あきらかにその重みが違っていたはずだ。

ヨンはそのときは、

「自分は国を統一する仕事で必ず英雄になるんだから、こんな紙切れなんかにいちいち神経を使ってられませんよ」

と私に言ったが、内心は党書記への憎しみと口惜しさに満ち、必ず復讐をするぞと心に誓っていたという。

末っ子のナムは鉄道大学を中退して、穏城追放となったのだが、ここへきてから大学当局と交渉して通信学部に転籍することができた。夫の親友であった通信学部長が骨折ってくれた結果だった。一年に一度二一日間スクーリングに登校して学習し、試験を受けて合格すれば大学の卒業証書、即技師資格を取得できるとのことだった。

ところが、実際の職場では、年間一四日間保障されていた有給定期休暇をとることもむずかしかった。というよりも、ナムが通信教育を受けるとわかると、それとなく妨害し、現場の鉄道線路班の班長や書記はナムの行動にこと細かく難癖《なんくせ》をつけては、「スクーリングには行かせない！」と繰り返した。

当然の権利として保障されている休暇にもかかわらず、彼らはそれをとらせないと言ってみたり、大学のスクーリングに行かれるのは、自分たちの寛大なはからいがあるからだ、と恩を着せたり、まだ一〇代の少年に向ける意地悪は目に余った。

結局、スクーリングの日程が残り七日しかないというときになって、やっと休暇とスクーリングへの出席を許可する通知書を出した。そうしておいて、「いまさら行ったところで、講義はほとんど終わりだから、今年はもう取り止めにしたらどうだ」と言った。

きつい肉体労働で疲れ果てても、着実に課題をこなして、技師になって重労働の苦痛から抜け出すのだという希望に燃え、暇をみつけては教科書を広げていた彼にこの仕打ちは酷《ひど》い。しかし、このような妨害にかえってナムの心は激しく燃えた。彼は目にもの見せてやるぞと大学に駆け込んだ。すでに大学では通信学生のための試験はすべて終了、受講生たちは来学期のための予備講習を受けていた。

受講生たちの試験結果は、ほとんどの学生が不合格だった。ナムは特別な配慮で試験を受けたが、最高点を取って大変な話題になったようだ。たぶん私たちの事情を察した教授たちが、採点を少し甘くしてくれたのかもしれないと、私は思っているが、ナム本人にとっては大勝利だった。大学の教授職の大部分が私と夫の同窓生だったから、彼らはナムの荒れた手を見て目頭を熱くしたという。同時に政府当局のやり方に無言の抗議をしたことが、その表情からうかがえた、とナムは報告した。

通信学生でいた六年間、こういった「スクーリングに行かせてください」「だめだ」は繰り返された。

ヨンは吉州《キルジュ》林業大学の通信教育生となったが、やはり似たようなものだった。それでも息子たちは負けずに、最善を尽くして学び続け、学業成績も優秀だった。

　私の職場の若い同僚のなかには、清津鉱山大学の通信生として学んでいる人たちがいたが、スクーリングから戻ってきた彼らが、がっかりして話した。

「まあ、聞いてくださいよ。大学教授たちが駅前で石炭屑を拾い集めたり、豚の餌用の残飯桶を担いでいるんですよ。これだもの、予備講義はもちろん、ちゃんとした学問などろくにやれるわけがありませんよね」

　北朝鮮の地方大学の教授は、こんな暮らしに甘んじなければならなかった。きっと今も変わらないと思うが。私は若い人を慰めるつもりで、つぶやいた。

「わが国の教育制度はいいけれど、質的に遅れているのよね」

　そのとたんに、聞いていた細胞書記から、ものすごい剣幕で叱られた。

「チャンおばさん！　なんてことを言うんですか。わが社会主義制度の下で遅れているものなどどこにありますか。今度、同じようなことを言ったら、党政策誹謗《ひぼう》罪ですよ」

　ただでさえ追放生活を余儀なくされている身の上で、何を言っても反動のレッテルを貼られると思うと、やりきれなかった。私はたまらず、金日成の著作の中から『わが国教育体制』を探し出して、私が話したことと金日成の演説内容を突き合わせて、私の言ったことはなにも間違っていないと抗議した。

その瞬間、形勢が逆転してしまった。若い人たちが細胞書記は自分の無知を棚に上げ、党権力を振り回して、抑え込もうとしていると、ざわつき始めたのだ。

そうなると彼は、もっと居丈高《いたけだか》になった。

「立場も考えず、見境《みさかい》なくしゃべるんじゃない！」

そのほかにも政治学習や技術学習のたびに、私が発言すると、「年季《ねんき》の入《い》った党員はやはり違う。級数の高い設計員はさすがだ。話もわかりやすいし」と、若い人たちはほめてくれた。細胞書記は面白いはずがなく、「知っていても知らないふりをするもんだ。でしゃばった真似をするんじゃない」と言い、「自分がつねに発言をひかえているのも、保衛部と上級党の指示でそうしているんだ」と言っていた。

あるとき、ひとりの社労青員が、小さな声で言った。

「私たちはみな、オモニのことを尊敬しています。ただ、監視しろとの命令を何人かが受けました。でも絶対に悪い話はしませんから、私たちを信じてください」

この国で生きていくには、監視と抑圧に慣れるしかないのだ。

保衛部員

ある年の夏、村の保衛部から呼び出しを受けた。ふだんから保衛部という単語を聞くだけでも、胸がざわめき、その建物の前にさしかかる首と顔をまっすぐに固定したまま、わき見もしないで足早に通りすぎる私たちだった。

重い足を引きずって罪人のような心境で保衛部を訪ねると、保衛部員は意外にもやさしく応対してくれ、細々《こまごま》とした生活内容を質問してきた。しかし、ふっと気がつくとその部屋には見なれない顔の男がふたりいた。

私のおびえた気配を察して、保衛部員は、「彼らは自分の知人だから心配しないように」と言い、私たち家族が追放された経緯、親戚の現況、現在の私たちの生活など詳しく聞いた。ありのままを、しかし慎重に言葉を選んで答えると、保衛部員は、「大変ご苦労をなさったんですね。これまで立派にやってこられたんですから、これからも負けずに耐えていきなさい」といかにもやさしそうに言う。だが、彼はとっくに調書を見て、私たちについて事実関係をすべて知っていながら、あえて質問を繰り返し、私の返答にいちいち相槌《あいづち》を打って、もっともらしく取《と》り繕《つくろ》っているのがわかった。

私は、その後ろで黙って私の挙動を観察しているふたりの男にも注意を払った。果たして誰なんだろうか。なんのためにここにいるのだろうか。ひょっとしたら、私たちにさらに何か法的措置を加えるために、やってきたのではないか。保衛部員に続いて、「どんな些細なことでも困ったことがあればいつでも言ってください。力になります」と微笑んで見せたが、その裏に恐ろしい匕首《あいくち》が隠されていることが、直感でわかった。

ところで、師範大学を出たグァンの妻、キム・ジョンエは人民学校の教師だったが、その保衛部員の子供を担任していた。私が家に帰って今日のできごとを話すと、翌日、彼女は学校でその男の子に聞いた。

「先生のお母さんを訪ねて来た人がいるんだけど、きみは知らないかな。あのお客さんは誰なんだろう？　なんできたのかな？」

担任の先生に聞かれた子供は、家に帰ると、「このあいだ、お父さんのところにきたお客さんは誰なの」と聞いた。保衛部員は、わが子が相手だと思うと、何の警戒心も持たず、「あれか、あれはねえ、大切な役目を負って、ピョンヤンからいらしたお客様だよ。国家保衛部っていってね……」とごくわかりやすくしゃべったのだった。

私の勘は当たっていた。彼らは、やっぱり私たちのその後の生活ぶりを調査にきていたのだった。小さな過《あやま》ちでも見つけたら政治犯収容所に送るつもりで。しかし、なにごとも自発的に真面目にやっており、とりあえず非はないから、引き続き様子を見ようということで引き上げていったらしかった。子供は早速、キム・ジョンエに報告してくれた。

「先生、あのね、うちのお父さんは言っていたよ。『戦争になったら、アメリカ側に寝返る危険性があるので、真っ先に先生のだんなさんたちのような人は殺すんだ』って。だから、『おまえの先生は嫁入り先を間違った』って言っていたよ。先生、本当なの」

正直な子供は、父親から聞いたことを、洗いざらいグァンの妻にしゃべってしまったのだった。ジョンエは子供から聞いた話を私たちに伝え、さらに、私たちのことを怖いといい、悔しいと泣いた。

いったい、私たちのこれから先はどうなるのだろうか。不安で脂汗がにじんできたが、それからも国家保衛部だけではなく、道保衛部、郡保衛部が私たちの生活を定期的に調査に訪れたし、監察が行われた。さらに、どこかで何か異変があれば、世の中には報道されなくても、私たちにはすぐに歓迎しない訪問者が現れたので、それと知れた。

人民武力部の保衛部から直接うちを訪ねてきたときは、一九九二年四月二五日、朝鮮人民軍創建六〇周年記念軍事パレードの準備過程で、ソ連軍事大学卒業生、チャン・ソングプら数十名が政府転覆陰謀を企て、摘発されるという事件があったからだ。このため、すべての軍事大学留学生を調べあげて、何らかの処置をするというものだった。軍事大学留学経験者の生活状況を検討しろ、との金正日の指示でチョン・グァンの留学生活とその後の生活を調査に来たというのだった。

わずか一六ヵ月の短い留学生活の中で、何の気なしにもらした冗談も残らず検討し、思想性の是非を問い、ことと次第によっては処刑しようというのだ。記憶もすでに曖昧《あいまい》になった学友の発言について、拇印による捺印を強制しながら証言を迫った。

私は生きた心地がしなかったが、賢明なグァンは、手紙や日記を書くのにも万全を期し、慎重だった。彼はすぐに当時の日記帳を出して、照らし合わせていた。その文章は党と首領への忠誠に貫かれていて、非のうちどころがなかった。その日記帳が彼を死の淵から救い出してくれたのだ。

保衛部員は日記を読んで、グァンを信用し、同時に彼の理路整然とした発言に脱帽した。しかし、威嚇《いかく》の言葉も忘れなかった。グァンの学友の名をいくつかあげて、「誰それはもうこの世にいない」などと教えてくれた。ある学友は「将来、自分は将軍になりたい」と抱負を語ったことで「政権野心罪」に、「わが国の選挙は秘密投票になっていない」と言った学生は「党政策誹謗罪」などに問われて、処刑されたという。

罪に問われた彼らはみな聡明で、美男で、義理を重んじ、必ず将来は国の柱となるような逸材ばかりだった。青年が北朝鮮で夢を語るには、死を覚悟しなければならないのか。虫けらほどの重みもない人の命が悲しく、彼らの残忍窮《きわ》まりない行為に戦慄《せんりつ》を覚えた。

これらの一連の事実により、これまではたとえ死に直面することがあろうとも、党と首領のためにすべてを捧げ生きるのだという私の信念は完全に崩れ去った。私はまだ、亡命、逃亡した長男を、おまえが悪いといって、心のどこかで恨《うら》んだり、憤《いきどお》ったりしていたが、このとき、はっきり長男が悪いのではなく、この国が、この国の党が悪いのだと認識した。

保衛部の彼らはこんなことも言った。

「おまえが、兄のように悪い思想に染まっていたり、少しでも疑わしい点が発見されようものなら、即時に拘束しようと逮捕状と足鎖を準備してきたんだが、今日のところは用なしだったようだな。これからもくれぐれも気をつけろよ」

帰りしなに、その足鎖をわざわざ見せながら私に言った。

「息子をしっかり育てたものだな。長男以外はな」

結局、五年間にわたり、このような検閲が続いたが、最後にきた保衛部員は、

「五年間は監視するようにとの将軍様の方針に従い、私たちは最善をつくしておまえを検閲してきた。今は九九パーセントおまえを信じるからもう来ることはないだろう」

死亡電報

「貧しい家の小犬も主人の貧乏を恨まない」という朝鮮の諺がある。だから、この国の人の子は自分の親を恨まない。親もまた子を恨まない。

私たちがピョンヤンを離れる前夜、母は悔しさに泣き崩れた。父は、昼間は誰に言うともなく怒りを吐き続けていたが、夜にはただ、たばこの火をつけたり消したりするだけだった。そんな父に母は言った。「あなたには感情もなく、涙も出ないのか」と。しかし、父もまた大きな痛手を負っていた。

父も母も自分が貧しさゆえに学べなかったことを悔やんで、五人の子供全員を大学に行かせるために貧しい生活の中で無理を重ねてきた。

なかでも長女の私は、一族で初めて専門学校、大学に進んだ希望の星だった。さぞや良縁を得て、平穏でゆとりある暮らしをしてくれるのでは、と親は期待した。ところが、その娘ときたら、数多くの良縁を断わり、病弱な男を夫に選んだ。それでも、親は静かに娘の考えに従った。その娘が早くに夫と死別し、女手一つで四人の子を育てられたのも、父と母の愛情と支えがあったからだった。

娘の追放の日、一言の言葉もかけられず、ため息をついていた父は、その直後からめっきり弱ってしまった。弟や妹は、私に余計な心配をさせまいとして、父の病状について何一つ知らせてくれなかった。私が一度ピョンヤンに戻ったときは、精いっぱい元気なところを見せてくれたのだった。

日ごとに衰弱していく父は、口癖のように私の名前を呼び続け、「インスクのいる穏城というところに、一度でいいから、行ってみたいよ。そしたら、この世に未練なく目を閉じることができるんだがなあ」と言っていたという。

そこまで父の死期が迫っているとは夢にも思わない私のところへ、いきなり届いたのが、「父親死亡通知」だった。私は泣くのも忘れて、社会安全部へ行って、ピョンヤン市旅行証明書承認番号をとる手続きをした。実の両親の死亡に際しては、確認のうえ許可が出る。私は承認番号を手にピョンヤンに向かった。

父が子供たちに命名してくれたときのこと、たまに手に入る飴やお菓子類をためておいては、孫たちに持たせてうれしそうに笑っていたこと、正月には孫たちにお年玉をあげることができる、と楽しみにしていたこと、そのときどきの父が、私の頭の中をかけめぐった。

面会した父は息を引き取る寸前だった。電報も日数がかかるから、実際に死亡してからでは間に合わないので、前もって「死亡通知」の電報になるのだった。父は死の床で、

「これでやっと目を閉じてあの世に行ける」

と安堵《あんど》の息をもらした。しかし、いちばん不憫《ふびん》に思う娘に会えて気力が戻ったのか、やや持ち直した。それでも、死がそこまでやってきていることには変わりはない。私はずっとそばに付き添っていたかった。だが、休暇は七日間しかなく、往復に四日かかるので、ゆっくりしてはいられない。すぐにも穏城に戻らなければならなかった。

「お父さん、ちょっと家に戻ってきますからね」と、別れの挨拶をすると、父は貯めておいた小銭二〇〇ウォンを、私の手に握らせて、「自分が死ぬことがあっても、もうこちらには来るな」と、私を気遣ってくれた。

その後二ヵ月間、父は細い命の火を灯し続け、意識が戻ると私の名を呼び続けたという。最期の瞬間には、戸口のほうばかり気にして、誰かを待っているようだったと聞かされた。

私は結局、その後、一度もピョンヤンには行けなかった。父の墓の場所もわからない。母は、「私もおまえに会うためには、死ぬ前に電報を打てば、生きているときに顔を見ることができるのか」と、恨みにぬれた目で言ったが、旅行証明書承認番号をもらうのは、容易なことではなかった。

ここ韓国では、陰暦八月一五日の秋夕の日、ふるさとで親族と過ごす人々の大移動が始まる。誰も彼もこの日だけはと先祖の墓所を目指して集まる。そんな人々を見ていると、父の墓参りもわが子の墓参りもできない自分たちの身がなんとも恨めしく、泣けて泣けて仕方がない。しかし、父も子もきっとこの事情を知って許してくれていると信じている。

息子も突撃隊に

北朝鮮では一九九三年七月二七日を戦勝の日と制定して、戦勝塔建設が発議された。主体《チュチェ》思想塔、凱旋門、五月一日競技場、烈士陵をはじめとする主要な記念建造物の建設を手がけてきた党員突撃隊が、戦勝塔建設も請け負った。突撃隊に駆り出されることは、一見、名誉なことであるようだが、地方ではとても恐れられていた。突撃隊の仕事は極限まで酷使される奴隷労働にも等しいので、誰もが嫌がる。そんななかで次男のグァンは、労働党員として自分から進んで党員突撃隊に加わった。彼の志願を企業所では喜んで受けとめた。

それは、グァンに最初の子供が生まれて、二ヵ月後のことだった。

若夫婦は女の子を欲しがっていたけれど、授かったのは男の子だった。生まれてみると、男だろうが女だろうが関係なく、かわいくて、つらい生活を強いられている私たちの家庭の、幸福の泉になった。金の塔を積み上げよという願いを込めてクムソン（金成）と名づけた。それまで私は近所の人たちに、「ピョンヤンの家のお母さん」と呼ばれていたが、このときから、

「クムソンのおばあさん」に変わった。おばあさんだなんて最初のうちはしっくりこなかったが、慣れるとなんとも親しみやすく柔らかい感じがするので、自分でも気に入った。

父親になったグァンは、自分の子供の成長も見られないまま突撃隊に出発した。生まれ故郷ピョンヤンの建設で忠誠の汗を流し、全力を捧げようと覚悟を決めての旅立ちだった。

しかし、多難な前途を象徴するかのように列車に乗ってすぐに、衣類や必需品などを入れた荷物を盗まれてしまったそうだ。ピョンヤン在住の私の弟たちに助けてもらって、何とかやり繰りしながら、仕事に全力を傾けたという。

工事現場では各道ごとに仮設の突撃隊員用宿所を建て、そこで寝食をともにしながら作業に明け暮れる。決して楽な仕事ではない。しかし、彼は党員突撃隊の最初の隊員だった母親に負けずに頑張ろうと張り切った。また当時の私の仲間たちが指揮官になっていたので、彼には特別に目をかけてくれた。とくに私の友人の建築関係者、グァン自身の大学時代の友人やその親の助けを借りて、工事に必要な資材や機械などを調達するのに、大きく貢献したのだった。

戦勝塔は一八ヵ月間の工事で、完成の日を迎えた。ところが、その竣工を目前にしたある日、連隊保衛部長がグァンを呼び出した。保衛部長は言った。「おまえはよく頑張ったから、もう家に帰ってよい」と。寝食を惜しんで頑張ったのも、竣工の日を心待ちにしてのことだったし、その日には贈り物が渡されたり、叙勲もあるというのに彼の役目はもう終わったというのだ。

つまり、金正日が出席する竣工式「一号行事」に、民族を裏切った兄を持つチョン・グァンは邪魔だと、保衛部は言ったのだ。

自分たちに都合のいいときは拝み倒して酷使し、ほめたたえながら、いざ竣工式となると出席はまかりならぬ、というのだ。鉄壁の警護を張り巡らした式典で、無力な青年ひとりがいったい何をどうするといって、そのような処置をするのだろうか。とうてい納得できるものではなく、彼は中央指揮部の責任者を訪ねて訴えるなどした。

結果的にはその行事に金正日が出てこなくなり、グァンも参列することができた。しかし、人一倍頑張ったのに何の表彰も贈り物ももらえずに帰ってきた。

北朝鮮では金日成父子の健康に最も適している場所を、標高、気候、温度によって選び、彼らの別荘を数多く建設している。咸鏡北道鏡城郡朱乙《チュウル》をはじめ、七宝山《チルポサン》、冠帽峰《クァンモボン》にも特閣といわれる別荘を建設したが、それらもやはり突撃隊員の手によって成し遂げられたものだ。

基本建設だけは特殊部隊が担当するが、それは工兵総局第一旅団、もしくはもっとも出身成分のいい人間だけで別途に組織された突撃隊であって、一般突撃隊に比べてはるかに待遇もいい。それだけにまた別荘の基本のところは、外部にもれないので、ふつうの国民にはわからない。

だが、道路建設は担当の各道が労力を提供する。そこで突撃隊員が必要になるのだ。道が郡に割り当てた労力を、各工場、企業所別にまた割り当てが細分化されていく。

そして、召集されて行ってみれば、寒さの厳しい冬期でも、何の準備も配慮もなしで、別荘への取り付け道路工事や付属の建設をやらされるので、動員されたものはたまったものではなかった。

建設機械も一切なく、危険な仕事の連続だ。五メートル以上もの高さの別荘の擁壁《ようへき》工事では、多くの人命が失われている。

わが家では、三男のヨンがこれに動員された。企業所の幹部は、

「仕事をしっかりやって、兄貴の過ちを血と汗で償うんだ」

と、ヨンを送り出したそうだが、一年間の突撃隊を終えて家に戻ってきたとき、私は別人ではないかと疑ってしまった。まったく変わり果てた姿をしていたのだ。げっそりやせて骨と皮ばかり、何年もの監獄生活を送った囚人のようだった。工事中に腰を岩にぶつけたが、きちんとした治療が受けられるわけもなく、その後遺症で彼は今もまっすぐに立つことができない。突撃隊に動員されて病気にかかっても、何の補償もないのだから、ヨンの場合も、死なたかっただけでも幸運だと思うしかなかった。

いつでもそうだが、送り出すときは、「栄えある『一号工事』には選抜された人間しかいけ

ないんだから」などと言って誇りを持たせ、さんざんあおりたてる。「仕事さえきっちりやれば党員にもなれる」と甘い言葉で誘う。しかし、そこに行ったからといっても、党員になれる確率は〇・一パーセントもありはしない。

宿舎の環境も劣悪である。高山地帯は飲料水の確保が困難で、冬場は雪を溶かして炊事にも洗面にも使う。お風呂というのは言葉自体が存在しない。

指揮官の横暴は、日ごとに激しくなって、あらゆる理不尽がわがもの顔でまかり通る。彼らは隊員用の食糧や支援物資をかすめ取る。家庭が豊かであったり、力のある家の隊員たちには、家から賄賂《わいろ》の品々を持ってこさせて、見返りに軽労働をあてがうようなことは日常茶飯事だ。女性隊員を性的欲求のはけ口に弄《もてあそ》ぶことも平気だ。

さらに、つねに事故の危険がつきまとい、そこで命を落とせば、ドラム缶に入れて家に送られ、家族には「社会主義愛国犠牲証」の紙切れ一枚だ。ここに行ってきた人たちで、昔を知るものは、「日帝の滅亡末期の徴用《ちょうよう》よりももっと酷《ひど》い」と言う。しかし、これらの建設は全国各地で、今日も行われているはずだ。

電気釜

北朝鮮の法律や各種規制というものは、どこまでも金日成、金正日の権威を守るためのものだ。ときおり、布告というのも社会安全部長名で公示される。しかし、法律よりも何十倍も効力の強い「提議書」や「方針」というものがしょっちゅう出されて、法律よりもずっと強い威力を発揮し、人民大衆は思いもかけない不本意な処罰を受けるのである。

また、北朝鮮では物品は国営商店で売られていて、ものの値段というのはすべて国が決めるもので、それは国定価格といわれる。つまり、国営商店で国定価格で商品を買うのが、北朝鮮の本来の買い物である。

しかし、現在の北朝鮮では「国定価格」は「道徳」という言葉とともに姿を消してしまったといわれている。

いまどき国営商店で国定価格で商品を購入することのできるのはごく限られたものだけだ。つまり、党の職員や国家保衛部員、社会安全部員だけだ。しかし、彼らはそれを自分で使うわけではない。国定価格で買ったものを闇《やみ》市場に持っていき、闇価格で売り、数十倍から数百倍の儲けをふところに入れることになっている。

こんな不正は当然、人民大衆はお見通しだから、その不法行為や不正蓄財についていろいろといっている。「党職員は堂々と、保衛部員はほっかぶりして、安全部員は安全に、国家財産や人民の財産を盗んでいる」と。

しかし、そんなことが安全部員や保衛部員に聞かれたら、間違いなく追放や収容所送りになる。権力も財産もない人民は何の抗議もできはしない。

私たちがもっとも不自由したのは電力だった。極端な電力欠乏のために道別、市郡別、工場企業所別に交代で停電していたし、家庭では電灯は一個、多くても二個までに抑えて使用しなければならなかった。停電しなくても電圧が低くて、結局、停電と変わらなかったのだが。

それなのに、権力のある地方官吏は高い塀をめぐらした家に住み、狩猟犬を飼い、冷蔵庫も電気釜も家庭電化製品を無制限に使っていた。電気の検閲も彼らは除外していた。

電気検閲隊員は予告なしに家庭に入ってきて、電灯の数や電気製品を持っていて不法に電気を使用していないかなどを調査する。といって、各世帯ごとに電力計が備わっているわけではないので、電気の消費量を計算することはできないから、もっぱら電気器具、用品の有無を検閲していた。

私はピョンヤンで通り建設に動員されたとき、賞品として電気釜を一つもらった。しかし、それを使おうにも電圧が低くて使えず、簞笥《たんす》の上に置いたままにしていた。

それがある日、電気検閲隊員の目にとまってしまった。「未使用なのはわかっているが、家に置いておけば、いつか使えるようになるかもわからないから没収する」という。彼らが、新品の電気釜を狙っているのは見え見えだった。

三男のヨンは、「使ってもいないのに没収するとは不当じゃないか」と抗議した。電気検閲隊員は、電気釜を持ち帰るのをあきらめたが、その代わり、ヨンのささいな違反事項をいくつか書き出して、「これに署名をしろ」と言った。ヨンは自分の抗議は正当であると思っていたが、彼らが求める通りにした。

ところが、違反調書の加筆や改竄《かいざん》は彼らの思うままだった。数日するとその誇張された違反によって、法務委員会のとがめを受け、「五〇〇ウォンの罰金と三ヵ月間の強制労働鍛錬隊に於いての無報酬労働に服すること」という処罰が下ってしまった。

これに異を唱え、上訴したところで、罪が重くなることはあっても軽くなることはない。結局、ヨンは懲役よりももっと酷い強制労働鍛錬隊に護送されて、苦役につくしかなかった。

好き放題に電気を消費する官僚には何も言えないくせに、力のない人民大衆は、どうとでも解釈できる法律に縛られるのだ。

人民が血の汗を流しながら耕しておいた焼畑《やきはた》を「山林保護法」違反だと没収しては、山を管理するという大義名分をつけて、社会安全部傘下の山林保護員が穀類を植え、自分たちの収穫としていた。

　一日の儲けは草粥《くさがゆ》でやっと食い繋げられるかというような、貧しい食堂の商人も、めし代稼ぎに狙われたらひとたまりもなかった。「衛生検閲」を受けていないなどの難癖をつけて、取り締まりに当たっている安全部員らが勝手に食べたり飲んだりしていた。このようにわけのわからない無数の法律が、管理者側の都合で守られたり、無視されたりしながら、結局は社会全体を無法地帯にしている。

旅行証明書

　韓国では、旅費さえあれば国内どこにでも自由に行くことができる。この当たり前のことも、私には衝撃的だった。

　北朝鮮ではピョンヤンや国境の都市、三八度線地域に行こうとする場合は、必ず事前承認と同時に承認番号の書かれた旅行証明をもらわなければならない。市や郡の人民委員会の二部が発行するのだが、実際の窓口は社会安全部が担当し、そこに書類を申請すると、数日後に通知がくる。それを持っていって旅行証明書を受け取る。

　なお、社会安全部というのは、よその国でいう警察である。住民登録もこの社会安全部内にある公民登録課で行う。居住や転居、結婚や出生、死亡もここへ届ける。つまり、警察がすべてを握っているのである。

ピョンヤン市への出入りは旅行証明書に赤い二本線が引かれており、国境沿線と三八度線地域への出入りには青い二本線の引かれたものが使われる。

列車を使って隣の駅に行くのにも、必ず旅行証明書が必要だ。同一の郡内の移動にも絶対に郡内旅行証明書がなければならない。不純分子の流動を防止するための措置だといっているが、実際は国民を統制するための鉄枷《てつかせ》である。そこでものをいうのが賄賂だ。地方からピョンヤンに一度出向くには、四〇〇ウォン以上、道では一〇〇ウォン以上の賄賂が相場とされ、それだけ出せば、旅行証明書が発給される。

列車乗務安全員は随時検閲し、旅行証明書がなかったり、証明書の期限切れを発見すると、目的地に関係なく指定の駅に下車させ、罰金を徴収し、強制労働鍛錬隊に送り込む。

しかも、彼らはこの検閲を狡猾《こうかつ》に、食事時間というタイミングを見計らってやるのだ。乗客の持っている珍しいものを見つけたり、食べ物を押収したりし、それを自分たちの収穫にするのは、いうまでもない。訴え出ても、旅行証明書がない人は逆に強制労働鍛錬隊行きになるから、与えられる懲戒《ちょうかい》をそのまま受け入れている。

私は清津への出張のとき、出張先の確認の印が押されているにもかかわらず、「印字が鮮明ないから信用できない」と言いがかりをつけられ、二〇ウォンの罰金を取られたことがある。

そんな苦労をしてやっと列車に乗れるというのに、鉄道駅でいくら待っても列車は数日おきにしかこなかった。今でもきっとそうだと思う。運行状況というか、所要時間は例えば、江原《カンウオン》道《ド》の伊川《イチヨン》から両江道《リヤンガンド》の恵山《ヘサン》までが一四日、ピョンヤンから穏城までは七～一〇日も要し、貨物車ならもっと日数がかかる。いや、ほとんど停止状態というほうが当たっているだろう。私がピョンヤンを追われた日や、父の見舞いにピョンヤンに行ったときなど、たまたま列車が運行していてすぐに乗れたのだから、ついていたといってもいい。

だから、列車がくれば、これを逃すまいと乗客が殺到し、車両の中は人間がぎっしり詰まっていて足の踏み場もない。身動きもとれないから、旅行証明書の検閲も実行不可能になっているのが現状だ。

市場では、これらの旅行証明書が商品と化しているから不思議だ。市場で買うにしても、賄賂を贈るにしても、地方からピョンヤンに行こうとすれば、乗車賃のほかに旅行証明書代、途中の食事費用だけで一年間の給料が吹っ飛んでしまう。地方には、列車に一度も乗ったことのない年寄りが大勢いる。子供にいたってはいうまでもない。

木炭自動車便を利用するのにも一件あたり、あるいは一人あたり一〇～二〇ウォンずつ支払う。結婚する新郎、新婦が木炭車を利用できるのはまだましなほうで、マイクロバスや乗用車を利用するなどは夢のようなものだ。

そもそも旅行証明書が出ないために、新郎新婦が不在の結婚式というのが、しょっちゅうだ。たいてい地方に暮らす親が、息子の結婚式を用意してくれるのだが、挙式の予定日を何月何日と決めると、当然その日のためにごちそうをはじめ、もろもろの準備をして待っている。ところが、列車が走らず、他に代替交通手段もないから新郎新婦が来られなくて、当人不在の結婚式をすることになるのだ。

地方からピョンヤンに入る道路では、保衛部傘下の警備隊員による検問所で、身分証の検閲をする。検問を避けて非合法でピョンヤンに入るものは、秘密の道路を利用する。山中の獣道《けものみち》や川を渡ってピョンヤンを目指すのだが、ここで取り締まりに引っかかれば、有無をいわさず罰金を科され、所持品は没収、そして強制労働鍛錬隊に行くことになる。

そこで、金を取る道案内人が出没し、法外な案内料を要求したりするものだから、殺人事件まで頻発《ひんぱつ》している。自分の足を使って、足の向くまま気の向くまま、どこかへ行くことなど夢のまた夢なのである。

私は穏城で七年暮らしたが、その間、きょうだいが訪ねて来たことは一度もなかった。その理由は穏城が国境沿線にあるために、弟たちは承認番号をもらうことができなかったからだ。

実のきょうだいでさえ用事があっても行き来はできないのだ。まして四親等、六親等、八親等のような親戚は誰がどこにいるのかもわからない。しかし、その中のひとりでも政治的事情で解雇されれば、会ったこともない親戚も連座、処罰を受ける。そればかりか、ふだん仲がいいという理由で、友人たちまで処罰の対象になる。

私の長男ヒョンが亡命したことにより、名も知らない八親等の親戚まで処罰を受けることになってしまった。軍人である六親等兄弟が除隊させられ、強制労働に送られたのをはじめ、五親等の伯父までが職場を解雇され、末端の事務員や労働者にさせられた。迷惑を及ぼした親戚には何の償いもできなくて、ほんとうにすまなく思っている。

食糧の配給

政府当局は、人口一人あたり食糧消費水準は北朝鮮が一番であると宣伝している。

一九七〇年代には一般労働者、事務員は一日あたり食糧七〇〇グラムの配給を受けることになっていた。しかし、ここから軍糧米、愛国米、その他さまざまな名目で差し引いてしまうから、実質は一日に四八五グラムになってしまう。

一九八〇年代になると、食糧の級数を一～九級に分けて、一日の割り当てを発表した。

九級　新生児～生後一二ヵ月　一〇〇グラム
八級　生後一二ヵ月～二四ヵ月　二〇〇グラム
七級　生後二四ヵ月以上の子供・家庭の主婦（功労なし）・定年退職者・社会保障患者（功労なし）　三〇〇グラム
六級　人民学校生徒～高等中学三年生　四〇〇グラム
五級　高等中学四年生～六年生　五〇〇グラム
四級　定年退職者・社会保障患者（功労あり）　六〇〇グラム
三級　一般労働者・事務員・専門学校以上の学生　七〇〇グラム
二級　炭鉱・鉱山の屋外労働・重労働参加者　八〇〇グラム
一級　機関士・坑内労働従事者　九〇〇グラム

功労者を除外した一般人は、定年退職したら一日三〇〇グラムずつ供給されるということになっていたが、実際にはいろいろ差し引かれて二〇〇グラムにも満たない。

それでもまだ一九八九年末までは「出張用糧票」、「家庭用糧票」が効力を持っていて、配給があった。食糧配給票を持って配給所に行くと、家庭用糧票というものに代えてくれる。それを持って食堂、パン工場、ごはん工場、うどん工場へ行けば、食事ができたり、あるいは主食をもらうことができた。

大きな企業所には食堂があるので、お昼はそこで糧票を出すと、一食二〇〇グラム見当の食事がもらえた。たいていはうどんで、ちょうどどんぶり一杯の量だった。ごはんを希望する人は同じ量のごはんをもらい、家から持参したおかず、ほとんど白菜のキムチだったが、それをおかずにして食べた。

配給の割合は、たいてい米と雑穀の比が七対三で、いいときには九対一ということもあった。米八〇〇グラムに小麦粉が一キロということもあった。しかし、ピョンヤン以外ではほとんどのところで、この比が逆転して、米と雑穀が三対七といったふうに、米は一貫して少なく抑えられた。

一九九〇年に入ると、糧票、とくに出張糧票はただの紙切れになりつつあった。出張するときは食べ物は自分で準備して持ち歩かなければ、何も食べられなくなってしまった。大学通信学部の学生は教材は持たなくても、スクーリングの間の食料はリュックに詰めて持参した。

一九九四年ころからはこのような配給も途切れがちになり、ピョンヤン市の中心区域を除き、配給を受けることはまれになった。元日や金日成父子の誕生日以外は米にお目にかかることもなくなり、配給はトウモロコシばかりになった。

そのトウモロコシにしても、ただでくれるわけではない。職場ごとに畑が割り当てられていて、そこに自分たちで種を蒔《ま》いて、雑草を刈る。収穫も自分たちでするのだが、そうして手に入れたトウモロコシをなんとお金を出して買うのだ。穏城では、このトウモロコシに自分の庭や畑で育てたものを足して主食にしていた。

一九九五年には配給が完全に止まった。そして、夏になって過去数ヵ月分の食糧だとして、もぎたての生トウモロコシを農場の畑で直接受け取るはめになった。しかし、乾燥させて実を集めると、予定供給量の四、五割にしかならない。それでも配給があっただけありがたくて文句もいえなかった。

一九九六年には一〜二ヵ月分だけの米が、田んぼで稲穂のまま配給された。

経済的没落の原因は、アメリカ帝国主義が封鎖政策をとり、傀儡《かいらい》韓国軍が北朝鮮にいつなんどき侵入してくるかもしれないから、これに対抗し、国防に資金を投入しなければならないからだと宣伝し、貧窮の原因をすべてアメリカや韓国政府のせいにしていた。実際は、一九六〇年代に完成した農村の水利事業もその後の管理、整備を怠ったために、水害や旱魃《かんばつ》が繰り返し、農地は荒廃するいっぽうで食糧増産どころではなかったのだ。

一九九七年七月には、なんとも奇妙なお達しが出た。人民班の班長が各家庭を訪ねてきて、「国連食糧計画が調査にくるので、国連の調査員に向かって、『助けてください』と哀願するように」と言うのだ。あわせて託児所、幼稚園などでは園児に草粥を食べさせ、家庭でも草粥を食べるようにとの指示も出た。

ところが、そのすぐ後、村の党書記から、「草粥などとはとんでもない国の恥さらしだ。『私たちは何不自由なく生活しています』と国連の調査員に答えるようにしろ」という指示が出た。だが、家庭ではすでに草粥どころではなかった。粥も食べられない苦しい状態に置かれていたのだから、国連調査員の前だろうがなんだろうが哀願の演技をするどころではなかった。

村の党書記は、「住民にもの乞いのような真似を画策したのは誰か」と、出所をたどりだした。すると社会安全部員が人民班班長会議を召集して、そこで通達したということがわかった。結局、党機関や社会安全部、各機関でなんの合意もないまま、国連食糧計画にちぐはぐな対応をし、右往左往したのだった。

政治や思想は美辞麗句《びじれいく》で飾りたてることができるが、食べ物もなく、飢え死にしていく人たちに「お腹いっぱいです。地上の楽園で幸福に暮らしています」と、うそをつかせ、取り繕ってどうしようというのだろう。

一度、韓国から支援の米が届いた。そのために体格のいい青年が集められて、一二キロ離れた土地まで取りに行った。うちの息子も選ばれて行き、石炭車で運んでくる役を負った。配給がきちんとなされているかどうか監視する外国人は、うちの息子のような労働者が米を取りに行くので、こうした一般の人にいきわたると思っているようだ。

しかし、実際はまず軍の倉庫に入れられて、その後、分配されたが、軍や安全部、保衛部が最優先で、次が炭鉱労働者だったから、一般の人には行き渡らなかった。もらってもせいぜい一、二キロで、それも粉のような米だった。

それでもまだ穏城はよかったほうだ。中国と国境を接しているために海外支援の玄関でもあったし、人道団体も出入りしていたから、他の地域とは違っておこぼれにあずかることができたからだ。

老人たちが、もう死ぬ以外に道はないのだからと、最後の力をふりしぼって、郡の食糧事務所に行き、たとえいくらかでも配給してくれるよう請願した。それが、一〇人を超える集団行動だったことから、政治的意図があるものと見なされた。そして、配給を考慮するどころか、老人の息子らの責任を問い、処罰してしまった。

やがて、チャンマダンといわれる自由市場では、食糧配給票がヤミで売られるようになった。出張用糧票と家庭用糧票は全国共通で、どこででも使えるから、ずいぶん以前から商品に化けていて、それが必ずしも不正だとはいえなかった。しかし、食糧配給票は定められた食糧供給所で、原本となるカードと照らし合わせて不正がないことが証明されて初めて使えるものだから、同じヤミ売買でもふつうの人にはまず用をなさない。

では、誰が売買するのかというと、糧食部門の職員だった。彼らは本来、自分がもらう配給票を糧票に代えると、それを持って国営の食堂に行き、穀物と交換する。そして、ヤミで買った配給票は、定められた食糧供給所に持って行って配給を受けた。もちろんこれらのやりとりは、裏口で彼らだけの特権で行われる。結局、力あるものは二重三重に食糧が得られるようになっていた。

食堂や配給所でふつうの人々が、一五日分と記された配給票を出しても、トウモロコシ一キロも手に入るかどうかといったとき、裏でこのような不当供給が行われているのだ。一五日分の食糧がたったトウモロコシ一キロでも、ありがたくもらうのは、紙切れ同然の配給票よりも目の前にあるトウモロコシのほうがまだ貴重だからだ。

配給票を食糧事務所に出すと、カードに配給予定数字を書き込んでくれたが、それは数字だけの話で、三年分も四年分も未供給カードがたまっていた。極度の食糧難で老人や幼児が病気になったり、飢え死にしているのに何らの対策も立てられなかった。

私も数字だけ記載された三年分の食糧供給カードをそのまま所有していた。今の時点では、五年分の未供給食糧カードの所有者は、全国で一〇〇〇万人をはるかに突破しているはずだ。

朝鮮労働党は農業第一主義を掲げ、毎年、当該年度の中心課題を提示していた。金日成は久しく、自身の終生の願いは「わが人民に絹の衣服を着せ、瓦屋根の家に住まわせ、白米ごはんに肉のスープを食べさせることです」と言っていたが、それから何年が過ぎたのだろうか。

たった一握りの食糧を求めて、豆満江、鴨緑江《ヤールー》を命がけで渡る人たちを、「反逆者」だと捕まえ処刑するのではなく、餓死寸前の状態でさまよう人々に、肉のスープとはいわない、最低の食事でいいから保障してほしい。

草の根を食え

むかし、むかし、あったとさ。働いても働いても貧乏で、飢え死にした人がいたんだと。そしたら、ある金持ちがその死人を指して、「愚鈍な奴め。飯がなければお焦げでも食えばよいものを！」と言ったんだそうな。

これは北朝鮮に古くから伝わる昔話の一つだ。

しかし、これは決して昔話ではなくて、二一世紀を目前にした今日も、北朝鮮では昔話にも笑い話にもなっていない。

草の餅、稲の根っこ、トウモロコシの茎を代用食糧として食べているのが、今の北朝鮮の実態だ。一九九四年、配給が目に見えて減り出したころから、草を食べることが奨励されるようになり、翌九五年には草しか食べるものがなくなってしまった。

私のいる村で八〇歳になるひとりの老人が、「おらは、八〇年の生涯で生まれてこのかた、こんな苦労は初めてだ。長生きはするもんじゃねえ」と話して、みんなの涙を誘った。年寄りは「日本帝国主義による植民地統治時代でも、まだ今よりましな生活をした」と、その時代を懐かしむ。人民が過去に植民地民族として味わった悲哀よりはるかに酷いというのだ。

私も朝鮮戦争のときには、松の木の皮や草に穀物の粉を混ぜて作る松餅、草餅を食べたことがある。一九四五年の祖国解放直後には米の粉に豆をまぜて蒸した豆餅や大豆薄餅も食べた。その時期は、こんなひどい食糧難はこりごりだ、でも、これから先は金日成もごはんと肉のスープだといっているのだから、こんな時代は二度とないものと信じてきた。

それなのに今の私たちの食べているものときたら。日照りに豆が生えるように数ヵ月に一度、一～二日分の食糧供給を受けるのさえ、幸せなほうだと考えるようにまでなってしまったのだ。

一九九五年、全党的な取り組みで「稲の根とトウモロコシの根を洗って乾かし、粉砕して代用食糧に使用するように」と指示が下され、代用食教室まで開かれた。老若男女総出で田畑に出て、稲の根やトウモロコシの根を引き抜いて、洗って、干して、粉砕するのにおおわらわだった。

しかし、土に埋まっている根っこのこと、いくら洗っても泥がきれいに落ちないし、粉末にもなりにくく、食べたところで消化しない。繊維質が強すぎて内臓破裂を招いたり、草の毒が回り、体中がむくんでしまったりした。大騒ぎして総動員した結果は、まったく無駄骨に終わった。

それでも懲りず、次はトウモロコシの茎を代用食糧にしろと再び指示が出た。牛舎にトウモロコシの茎を丸ごと入れると、牛は葉の部分だけは食べるが、幹の部分は残す。その牛も食べない幹の中味を人間に食べろというのだ。私たちは牛にも劣るのかと、誰もが嘆いた。当然、これも失敗という結末をたどった。

一九九六年の夏は全国的な群衆運動として、「草地を増やしてそこで山羊《やぎ》や牛を飼育し、肉を生産せよ」と指示が出されて、餌になる草のマコモを育てることから始まった。金正日が、「首領様が人民に肉汁を食べさせようと、長い間苦心されたからには、必ずや肉汁を食べさせなければならない」と方針を打ち出したのだ。

一粒でも多くの穀物を得ようと、血がにじむような苦労をして耕してきた焼畑も取り上げられた。手のひら一杯の穀物ももらえずに死の淵にいるものに、畑で家畜を育て、乳と肉を食わせるからという話は、木に登って魚を釣るに等しい愚かな夢でしかなかった。

党が派遣した検閲隊員は、畑にやたらに草の種子《たね》を蒔くように仕向け、これに従わないものは、「党の方針に反対する反動分子である」という烙印《らくいん》を押して騒ぎたてた。

しかし、住民もさるもの。「わしらがいつ米の飯に肉の汁を望んだというのか。雑穀飯に味《み》噌《そ》汁だけでも三度の食事ができれば何の文句もない」と言って、暗闇にまぎれて草を引き抜き、穀物を育てた。当時の私たちにとっては、たとえ一つかみであれ、穀物が貴重なのであって、肉や牛乳といってもいつのことかも知れないうえに、その肉や牛乳は例外なく特権層のためだけのものであることを、みんな知っていた。

決死の抵抗に、この計画も結局は日の目を見ることなく、頓挫《とんざ》した。これに動員された検閲隊員も上部の指示は不当であると思ったのだろう、検閲はするふりだけで、かなりずさんなものだった。

トウモロコシの皮だけを粉砕して、これを溶かすほど煮込んで食べることも奨励された。だが、こんなものを食べれば便が固くなって、ひんぱんに串で肛門をかき回して排便しなければならなくなる。大人は多少がまんしても、乳離れしようという幼児にはとてもではない。どう食べさせ、消化させろというのか。

母乳を欲しがる子に、食べ物を口にできない母親は母乳の与えようもなかった。それ以前に妊婦であっても、必要な栄養は何一つ摂《と》れなかった。障害を持って生まれる子も少なくなかった。

手を替え品を替え、代用食糧が指示されては、消えていき、何の成果ももたらさなかったが、一九九七年七月には、またぞろ驚嘆すべき奇抜なアイディアが出てきた。

ある植物研究集団が考案したもので、金正日も高く評価した代用食糧だ。それは毒草を除いた草なら、どんな草でもいいので、その草を採《と》って細かく粉砕して、「万景台一号菌」というものを添加し、そこに若干の穀物を混ぜて草餅にしたり草粥にして食べるというものだ。

住民たちが生きるか死ぬかの瀬戸際に追いやられているのに、なんという立派な発明なことか。早速、各工場、企業所に草の粉砕機を作らせ、全国的な運動として草を刈って草餅や草粥を作れと指示が出た。この指示に従わない機関の責任者は、厳罰に処せという指示もつけ加えられた。

私たちもこれを食べた。が、とても口に入れて食べられるものではなかった。繊維質が多すぎ、草の味とにおいが強すぎ、さらに酸味も強烈すぎた。それでも食べたものは、臓器に穴を開けた。たとえ飢えたとしても食べられる代物ではなかった。

企業所ではこれを昼の給食に出したが、みんなは食べるふりをして外に持って出て捨てていた。うちでは、ヨンが企業所から持ち帰ったものを小犬にやったけれど、犬も食べなかった。牛や山羊でも食べる草を選ぶ。それなのに、人間になんでもかんでも草を食べさせるというのは、われわれは家畜以下だったのだろうか。

しかし、これを考案した集団を金正日自身が「隠れた愛国者」、「才能ある科学者」と称賛し、英雄称号に博士称号まで与えたそうだ。

こんな食糧事情を背景に、ここ何年かの間に、北朝鮮では腎臓病患者が急激に増加した。草の毒素で体中が腫《は》れあがり、栄養失調で全身がむくみ、病院に行けば誰も彼も同じ「腎臓炎」の診断を下された。医者も、「あーんと口を開けて」と言って診察するだけで、病名は腎臓病一つ、治療は薬草の根を粉末にした漢方薬を投与するだけ。「無病長寿の国」、「社会主義模範の国」である地上の楽園で草を食べさせられ、草の毒が回って体が腫れあがり、栄養失調のために体中がむくんでしまうとは。

わが家の近所のおばあさんや幼い子供たちも同じ「腎臓病」にかかって、苦しんだ末に命を失っていった。

毎日のように山に向かっていく葬儀の列を見送る私たちは、泣く気力もなく、ただ互いに目と目で悲しみを分かち合うだけだった。一年間で私の周囲で八人が亡くなった。私たちが穏城に移住させられてから、そこを去るまでに村の二〇パーセントが死んだのだ。そのお葬式にしても、牛車に乗せて四キロほど離れた墓地に運び、土をかぶせて終わりだった。

「もうこれ以上は生きて行けない」、「戦争でもパッと始まってしまえ」という言葉が知らず知らず口をついて出た。もとより彼らが戦争を望んでいるわけではない。勝つか負けるかの問題でもない。どうせ死ぬのなら戦争でもやってパッと死んでしまいたい、ということである。

わが家では、長男のヒョンがウクライナから送ってくれた印画紙を写真館に持ち込むと高く売れたので、それでヤミの食糧を買うこともできた。周囲の人たちを見ていると、雪の下から薬草を採って中国の米やトウモロコシと交換していた。一〇キロの薬草に食糧一キロという相場だった。私もやったことがあるが、冷たい雪の下から大量の薬草を掘り出すのだから、決して楽な仕事ではなかった。

松の木の粉を売って食糧に代えたこともある。ところが金正日が、「松の木の粉を売って食糧を得るのは、売国奴」といって非難したので、できなくなった。

わが家でもっともひんぱんに登場した代用食は酒粕、おから、各種穀物の皮だった。酒粕というものは本来、豚の餌としてもあまり食べさせないものだ。というのは、大量に食べさせれば腸の壁が薄くなり、いつか破れてしまって死ぬといわれているからだ。しかし、背に腹は替えられない今、これがかっこうの代用食糧になった。

また、ピョンヤンではなく、田舎にいたからこそ、わずかでも庭があり、そこで白菜などの野菜を作ることができた。庭のないピョンヤンのアパート暮らしの人たちは、どうしていただろうか。そんな情報交換は、もちろんできなかった。

この悲劇の幕切れはいったいいつなのだろうか。もどかしくてならなかった。

猫の角

かつて金日成は、農民市場は社会主義から共産主義に移行する過渡期に、必然的に存在する商品交換場所であるといった。ここでは農民が家庭菜園で育てたものや、飼っていた家畜を売り買いするだけで、工業製品の売り買いは徹底して禁止された。

なんでも屋の商人やヤミ市場で取り引きをする人は「非社会主義的思想」の所有者と批判され、取り締まられた。

それが今日では、農民市場は北朝鮮の人々にとって唯一の商品供給所であり、生存のための場所になっている。以前は厳しく統制、取り締まっていたチャンマダン（自由市場）が、食糧事情の悪化につれて一〇日ごとに開かれるようになり、さらに常時開設されるようになり、各種の生活必需品から穀物類までがずらりと並ぶ。もしも自由市場がなかったら、死者の数はぐんと増えたはずだ。

履物、石鹼、生活必需品、塩をはじめとする調味料などは自分たちでは生産できない。私がピョンヤンから追放されるとき、友人が布靴を一袋分もくれて、どんなに助かったことか。洗顔石鹼、歯磨き粉、電球なども揃えてくれたので、私はこれらを、ほとんど自由市場や近所の人に相当な金額で売ったり、食べ物と交換したりした。とくに履物は私たちの家族にはサイズが合わなかったので、自由市場で売って家計の足しにした。

外国映画はまったく見ることができない北朝鮮で、なぜか香港の市場を舞台にした『名もなき英雄たち』という題の映画が製作、上映された。私たちは広い世界にはこんな場所があるのか、と驚き、それ以来、人々が群がり、さまざまな商品が溢《あふ》れる自由市場のことを「香港市場」と呼ぶようになった。そして、各道、郡、市に香港市場が次々とできていったようだ。

穏城は豆満江を渡れば、そこは中国の図們だ。豆満江を渡って商売に来る朝鮮族商人を相手に取り引きをしようと、全国各地から商人たちが押しかけてきて、人が山をなすようなにぎわいを見せている。もともとは農民市場だったとは思えない繁盛ぶりだ。

この市場の横丁には見つかれば捕まるのを承知で、器に食べ物を盛って売る露店もびっしり並んでいるが、これらは小市場と呼ばれている。

港湾都市であり、国境も近い清津の自由市場では、「猫の角《つの》」も売っているといわれた。猫の角などこの世に存在しないものまで売っているというのだから、ここにはないものはなく、まさに世界一の市場だった。品物の豊富なことはいうまでもなく、旅行証明書をはじめ各種の証明書、寝台券を含めた乗車券、配給票など禁制品も何の制限もなく売られている。

社会主義経済で商品価格が単一であった時代はとっくの昔のこと、売り手、買い手により値段はその場で決められ、地方によって価格もまちまちだ。都市と農村を繋いで仲介する中間商人も増えて、さまざまな詐欺師や偽物商品も横行している。

にぎわういっぽう、何の検査も受けていない非衛生的な飲食品が販売されるために、疾病《しっぺい》も多く、コレラやパラチフスをはじめとする伝染病が病みあがりの衰弱した人々を襲い、生命を奪っている。そのうえ偽医者、偽医薬品も出回って、かえって病気が悪化、社会秩序は無残に崩れ、混乱の一途をたどっている。一〇年前ならこのようなことは許されず、すぐに対策が立てられたのに、今では野放しのままだ。

村には「女は非社会主義を行って家族を助け、男は社会主義をして国を守る」という言葉があった。

家庭の主婦、女たちがする商売や個人の副業は、非社会主義に属する項目であり、職場に出勤して働く夫の役割は、社会主義制度を守るという比喩《ひゆ》である。このように社会主義と非社会主義が入り組んでも、懸命に守られる家庭はまだましな家庭といえる。

最後の家財道具まで自由市場で売ってしまった家では、次の日からは家族全員がばらばらになってしまう。それぞれ勝手に自分の力に見合った働きをし、食いぶちにありつけということだからだ。この悲劇は子供たちをも容赦《ようしゃ》なく襲い、彼らは「コッチェビ（浮浪児）」になってしまう。私たちの近所にも、連鎖反応のようにこのような家庭が増えていったが、自分さえもままならないのだから、救いの手を差し伸べることもできなかった。

ある日、家族みんながばらばらになってしまい、今から遠くの親戚を頼りに出発するところだという近所のおばあさんが、「トウモロコシ餅を一つでいいからもらえないか」と頭を下げてきた、その姿が今もなまなましく目に浮かぶ。家族の、親子の間でさえも救えない境遇にあるというのに、遠くに住む親戚が彼女を助けられるだろうか。果たしてその場所までたどり着くことができたのか、それもわからない。

北朝鮮の憲法には「家庭は国家の末端細胞であり、法的に保護する」と明記されている。その法律が、あまりにそらぞらしい。

誰のために、何のために大切な家族が破壊されねばならないのか、考えるほど胸が痛み、悲しい。両親を失い放浪する子供たち。養老院が閉鎖されて追い出されて行き場を失った老人たち。外国に売り飛ばされてしまう娘たち。みんな見て見ぬふりをするしかないのだ。そして、こんな事態を承知しながら、この事態の張本人は、何の手も打とうとはしない。

死にたければ死ねばいい

多くの人々が飢え、病にかかり、命を失っているのに、ラジオ放送、テレビ、新聞は、今もなおひたすら金日成、金正日父子の偉大性と彼らに対する忠実性教育にのみ熱をあげている。

わが家は小さな映画館と呼ばれるくらい、多くの人がテレビを見にやってきていた。村で唯一のカラーテレビであり、部屋も比較的に広かったので、それが可能だった。つらい一日の仕事を終え、テレビでも見るしか楽しみもない彼らの心情を思いやると、私はいつでも変わりなく応対していた。

夕方五時から始まるテレビ番組は、圧倒的に金正日の偉大性と彼らの高邁《こうまい》な徳性について語るだけだ。それに最近では、金日成が金正日を高くたたえるさまざまな「名言」と現地指導の内容が加わった。

隣村の老夫婦が、ピョンヤンで大幹部になっている息子からカラーテレビをプレゼントしてもらった。うれしくて番組の最初から終わりまでテレビにかじりついて見ていた。しかし、父親は思い余って息子に手紙を書いたそうだ。

「おまえが送ってくれた色つきテレビだが、中古品じゃないだろうか。何度見ても古い画面しか映らない。たぶんテレビが古くなってしまったからのようだ、新しいやつを送ってくれ」

彼は、同じ映像ばかり懲りずに流すテレビが理解できず、機械が古いのだと解釈したようだ、と隣村の私たちのところにもニュースになって伝わってきた。なにしろ、金正日がどこかを訪問した報告と彼の著作一巻ずつの紹介は、同じものが一日五回以上、一〇日間も続いて放映されるのだから、初めてテレビを見た老人が誤解するのも無理はない。

ある日の夕方、いつものように隣のおばあさんがテレビを見に、うちにやってきた。

例によってテレビからは、『金正日将軍を天のように信じて生きる』という歌が何度も紹介され、彼がある人民軍部隊を訪問して、兵士を激励している場面が映し出された。誰もが見飽きているのだが、他に娯楽もないから、時間つぶしや空腹しのぎに、こんなものでも見るしかない。『金正日将軍を……』の歌にしても、みんなうんざりするほど聞かされ、知っていた。

このとき、隣のおばあさんが唐突《とうとつ》に言った。

「天がなんだって？」

ナムがおばあさんに、説明してあげる。

「『天のように信じて生きていく』と言ってますよ」

「えっ、誰を天のように信じるだって？」

と、また聞く。

「誰を天のように信じろだって？」

そのうちに子供たちまで、おばあさんが知っていてわざと聞いているのだということがわかって、笑い出し、皮肉の笑いが広がっていった。すると誰かが、

「ばあさん！　そんな反動のようなことを言ったら捕まってしまうよ」

と冗談半分にたしなめた。しかし、正直なそのおばあさんは、ひるまなかった。

「捕まえたきゃ、捕まえろってんだ。捕まったら、飢え死ぬことはあるまい。テレビで歌ばかりやっていないで、『配給を出す』という放送でも一度くらいしたらどうだ」

みんなの言えないことを、ずけずけ続けた。彼女の言うとおり、人民に何かを与えるという内容の放送があったら、どんなにいいか、とみんなの胸の中は一致していた。

一九九六年末に中国在住キョポ（僑胞）の団体が、北朝鮮を訪問した。彼らはここまでひどいとは想像していなかったので、あまりの惨状に驚いたという。なかでも、人々が極限生活に追いこまれているというのに、首領を立派な指導者であると歌で賛美する、そのギャップのひどさにびっくりして、親戚を叱咤《しった》した人がいた。

「おまえたちは本当に愚かだぞ。どなたが神様で、どなたが神様のお師匠さんだと？　そんな歌なんか歌う前に、食べるものでもちょうだいと言え」

人々は、言えるものならすでに一〇〇万回だって言っている。

また別の僑胞は、村の中心に高々とそびえる推戴《すいたい》塔に彫られているスローガン、「偉大な首領様金日成同志は永遠に私達とともにいらっしゃる」を見つめて、

「生きているとき人民をあれほど苦しめたら、死んだときくらいは静かに逝けばいいものを、死んだあともいつまでも人民の中に残って、苦しめ続ける腹なんだ」

と冷笑したそうだ。

僑胞はこんなにも畏《おそ》れ多い言葉を平然と口に出して、と驚きながら、実はみんな「自分たちになり代って、よくぞ言ってくれた」と、拍手した。その証拠に誰ひとりこうした発言を、保衛部に密告したものはなかった。

しかし、僑胞は家のある中国に帰っていかれるが、北朝鮮の人たちには、どこにも行くところがない。人がふたり以上集まれば、

「こんなにしていて、どう生きられようか」

「誰かが生きよというから生きるのか。死にたければ死ねばいいじゃないか」

と、どうすることもできない自分たちの身の上を嘆いていた。

川の向こうの中国では、自動車がひんぱんに行きかい、実った穀物が穂を重そうに垂らし、夜でも明るい公園で若者たちが歌ったり踊ったりする姿が見える。川のこちら側は電圧が低くて、電灯も、きびで作った餅ほどの光しか放たないので、その下で字も読めない。外では夜遅くまでリュックを担いで生活の糧《かて》を求めてさまよっている……。

果たして私たちが無能だからだろうか。怠《なま》けているからか。とっくに知っていることだが、口には出せず、まだよく舌の回らない孫が、金日成が金正日の五〇歳の誕生日を祝って書いたという頌詩を覚えようと、口ずさむさまを私たちはただほめていた。一度、読んで聞かせれ

ば、ちゃんと覚えて繰り返す、賢い孫の成長だけが、私たちの心の慰めだった。

公開処刑

私たちの周りでは、犯罪が増加していた。生きるために犯さざるをえない罪が、続発していた。

旅行証明書がない、期限切れ、目的地以外への旅行など旅行秩序の違反、山林の乱伐、職場を無断欠勤して商行為を行う、個人の家や公的機関の建物を壊す、統制品を密輸入する、各種文書の偽造など、ほとんどが現行の法制度で対処できないものばかりだった。とくに過去には考えもしなかったし、できもしなかった非政治的な発言が盛んに聞こえるようになった。これももちろん、犯罪である。このままでは国中が犯罪の巣窟《そうくつ》になってしまうと恐れた政府当局は、各種の法律をいっそう強化していった。

資本主義国の歌やダンス、書籍をはじめ、あらゆるものの持ち込みも禁止されている。ところが、世界的な流行というものは、どんなに戸締りをしっかりしても、風のように音もなく流れ込んでくるものだ。

『民族と運命』は北朝鮮の芸術映画では最高峰の名作といわれる。韓国の歴代大統領の醜行が、次々と暴かれる筋書になっているが、映画の随所に歌やダンスが登場する。もちろん、映画の製作者はそれを否定的なものとして描いている。朴正熙《パクチョンヒ》元大統領がお気に入りだったという「この江山、落下流水、流れる水に……」の歌も、例外ではない。

ところが、製作者の意に反して、この歌は映画上映の翌日から、青少年の間で爆発的に流行してしまった。革命性ばかり強調する北朝鮮歌謡とは違い、やわらかい流行歌が青年たちの心をとらえたのだ。

その歌を口ずさみながら、穏城の村の道を歩いているものがあった。高等中学校の五人の生徒だった。そして、彼らはそれだけのことで捕まってしまった。罪は、真っ昼間から南の朴正熙の好きな曲を歌ったということであり、これは非常事態であるとされ、彼らの後ろをつけていた社会安全部員によって、安全部に連行されてしまったのだ。

そこで罰として、『社会主義を護ろう』という歌を三時間も歌わせられることになった。

「黒い雲を吹き飛ばし、誘惑の風がささやいても、われらは行くぞ、社会主義を護る……」

この歌自体は格調が高く、プロの歌手でないとうまく歌いこなせない。そんな歌を直立不動で三時間も歌うのだ。食べるものもろくに食べずに学校に通っている彼らにはとてもそんな歌を大声で歌う力がなかった。最後は喉《のど》がかすれ、力尽きて、這《は》うようにして家まで帰った。だが、懲らしめはそれだけでは足りず、校長と担任、彼らの両親が教育をきちっとしなかった罪で党から処罰を受けた。

　朝中国境には、韓国人伝道師や民間人もやってくる。そんな彼らが対岸の水辺で働く子供たちを見て、あまりの悲惨さに食べ物などを投げてよこしたり、水に浮かべて送ったりすることがある。まぎれもなく もの乞いと施しだが、同胞としての同情心がそうしないではいられないのだと思う。

　社会安全部、保衛部は、その食べ物には毒薬が混ぜてあるので、決して食べてはいけない、向こう岸に送り返せ、と指示している。

　そんな食べ物を、食べてみたくてたまらなくて、ひとりの子供が手に取った。唾《つば》がわいてきたが、もしも食べてしまったら、恐ろしいことになると思って、なんとか唾をのみこんだだけで踏みとどまり、食べ物を向こう岸に戻した。たったこれだけのことで、この子には「金日成青年栄誉賞」が与えられた。食べてしまった子供たちは、国を辱めた罪で厳重に処罰され、それなりの地位にいた両親も連座、解雇されてしまった。

　飢え死にしても手を差し伸べてはいけないし、そういう人間は決して容赦してはいけない、という指示も下された。当然、餓死しないために人のものを盗めば、拘束され、厳重罰が加えられる。

　穏城の村の近くにサンフア炭鉱がある。ここで働いているひとりの青年が、三〇キロの穀物と三ヵ月分の労賃に当たる現金三〇〇ウォンの盗みをはたらいた。青年は初犯だったが、盗みの常習犯と見なされ、安全部機関でむち打たれ、何ヵ月間か拘束された。出所後ふたたび炭鉱で働いていたのだが、ある日のこと、安全部から呼び出しを受けた。罪のつぐないはすんでいるので、彼はとくに疑問を持つこともなく、出頭した。

ところが、安全部は次の日、彼を公開処刑してしまった。反復犯罪という説明をしたが、実は見せしめの銃殺だったのだ。実際に死刑に相当する罪を犯した人間はこっそり処刑しておき、軽犯罪にすぎない青年を公開処刑することで、小さい罪でも党は容赦しないから、胆《きも》に銘じよと民衆に警告したのだ。

私は、生まれて初めて、このとき公開処刑の現場を見た。社会安全部員が住民の家を一軒ずつ回って、現場に集めたのだ。私たちは理由もわからないまま現場まで行ったのだが、それが青年の公開処刑の場だった。私たちその場にいたものは、召集の意味がわかったとき目を覆《おお》った。そして、二度とこんな場所には立ち会うまいと思った。さぞ無念であったろう青年の死に、みんなが同情し、若い娘たちは涙が流れるまま立ちつくした。

その後も、このような公開処刑は郡内で月に一件以上はあった。

召集がかかっても公開処刑場へ行くことは誰もがいやがり、サボったから、数あわせのために必死で、やはり犯罪者のような、人の殺されるのを見ても、もはやなんとも思わないような見物人を集めていた。

金正日は、「すでに思想教育に頼るときは過ぎました。これからは銃声を鳴らすときがやってきました。犯罪者は頭の中が腐ったためなので、銃殺は頭から撃ちなさい」と指示を出したそうだ。つまり、犯罪者は思想自体が悪いので頭から治さなければならない。よって死刑ではまず頭に銃弾を三発撃ち込め、ということで、それが守られていた。

暗闇にまぎれて川を渡り、中国に行こうとして、銃で撃たれた死体がその川を流されて行く光景も、珍しいものではなくなってしまった。食糧を求めて内陸部から国境沿線までやっとたどりついたのに、そこで魚の餌になってしまうのだった。もちろん、その人たちの身元を調べたり、ふるさとに死の情報が届くことなどなかった。

金正日は、川岸から四メートル以上進んだ者が、「止まれ」の指示に従わなければ、無条件で発砲するようにと命令したとも伝えられている。国境沿線の住民は銃声に慣れっこになってしまい、

「ああー、また誰か死んでしまう！」

と言いながら、唾を吐き捨てるだけだった。今こうしているこの時刻にも、消えていく命が数知れずあるだろう。

最近では越境していったものの、中国で捕まり、再び北朝鮮に送還されるとどんな目に遭う

か、多くの人が知っている。

家畜以下に扱われる政治犯収容所、政治犯教化所、経済犯教化所、強制労働収容所などをはじめとする監獄に送られる。もっとも、すべての人々が、鉄格子がないだけで監獄となんら変わらない環境のなかにいるのだが。

農民のいない農村

北朝鮮では、すべての土地は国家もしくは協同農場の所有だ。

八・一五祖国解放後の土地改革によって、農民は土地の所有権こそないが、耕作権を持った。その田や畑を自分の体のように大切に慈《いつく》しみ、額に汗して働いた。毎年、現物税を納め、残りは自分たちの汗の代価として喜んで受け取った。

農楽隊の奏でる音が豊作の喜びを高らかに響かせ、日に日に向上する生活を目のあたりにして、党と首領様に感謝を捧げた。この熱意と頑張りで朝鮮戦争の三年間を耐え抜くこともできた。そして、戦争に勝ったという自信が大いに励みとなって、ふたたび豊作を達成し、太鼓隊まで動員されて祝ったものだった。

しかし、それはほんの短い日々のことであって、一九五八年には国中の土地がすべて国家と協同農場の所有になってしまい、農民個人の耕作権もなくなった。そのうえ、チュチェ（主体思想）の農業理論をはじめとする党と政府の施策により、農村には徐々に主がいなくなっていった。

そのころ、国は「北朝鮮は農村での現物税を廃止した」と世界中に高らかにその成果を自慢した。けれども、どんなに頑張ったり工夫して多くの収穫を上げても、分配される穀物の量は同じで、収穫物の一部は現金で分配されたから、誰もがやる気を失っていった。

国家が買い取る米の価格は、市中流通価格の三〇分の一から四〇分の一にしかならないので、現金をもらってもばかばかしい限りだ。みんなが適当にノルマを果たして、あとは商売やら家畜の飼育、焼畑の開墾など、もっぱら自分の利益のためだけに働くようになった。責任感もなければ、住民としての意識も希薄になっていった。

現実に即さないチュチェ農法という営農方法、不足する農業機械と肥料、疲弊した水利化事業など、どれも農村をだめにしていき、近年の水害や冷害を克服することもできず、ひたすら凶作を繰り返すことになってしまった。

チュチェ、主体農法といえば、いかにも農民の主体性を大切にしているようだが、この国の主体とは、土壌と作物と風土を知り尽くした農民の考えや自主性を重んじる主体性ではなく、中央の決定と指示に完全に従うというチュチェ農法である。

農繁期には労働者、事務員、学生をはじめ全国的なレベルで農村支援が行われるから、農民はなんだか「農民指導者」のような立場になってしまい、自分たちは実際の土から離れてしまう。動員された側は収穫の結果には何の利害関係もなければ、責任もないから、支援期間だけのつじつま合わせという半端な姿勢になってしまう。こうして誰もが収穫の喜びから遠ざかってしまった。

それでも食糧増産は切羽《せっぱ》詰った課題だった。その結果、おかしなことに穏城では誰が労働者で、誰が農民なのか見分けがつかなくなっていた。企業所別、人民班単位に堆肥《たいひ》生産から脱穀にいたるまで、すべて一緒に仕事をするのだから。

それればかりか人民学校の生徒も老人も交えて、冬場から家畜の糞も便所の糞尿の処理も競って行った。堆肥のもとが限られているから、みんな分担量の確保にやっきになって、夜には糞尿の盗みあいが頻発した。肥料や農薬が供給されない農地は、不毛の雑草地でしかなかった。

農繁期には一〇～一一歳の人民学校三年生から動員されたし、人民班には早朝動員がかかった。出勤前に周辺農場に出向き、苗出し、草取りなどを行った。世帯ごとにノルマを課せられもした。

一九九七年には田や畑に世帯ごとの名前を記して責任を分担させた。さらに最高司令官の命令で作業班単位まで人民軍将校が監視員として派遣されたから、農作業をするのに小さなことまでいちいち農業のわからない将校の承認をもらわなければならなくなった。当然といおうか、しかしといおうか、その年も収穫高は伸びなかった。住民への配給は相変わらず中断されたままだった。

稲穂が実る前に盗人に刈り取られてしまう恐れがあるので、労農赤衛隊員は農作業はしないで、田畑の警備に立った。しかし、近隣の軍人は「軍民一致」の口実のもと、農場の作物を好き勝手に奪っていく。一方、上部からの追及を逃れようと、農場では幹部たちが水増し収穫の報告をするから、国の統計は狂い、経済計画も立てられない。

収穫した米は田んぼでも運搬中でも、脱穀中でも管理がでたらめだからどんどんこぼれ落ちていく。その落ち穂拾いに、労働者、事務員の家族は懸命になるが、農場の人間は忙しくて自分たちでは拾い集めることができない。しかし、他人には拾わせたくないのだろう、彼らを追いたてるのに躍起になる。「拾い集めるのは面倒で、さりとて拾われるのもいやだ」というわけだ。そこで、母親のふところでまだ甘えていたい幼い子たちが、凍える手で雪をかき分け、落ち穂拾いをする。その姿は、まともな神経では直視できなかった。

年間を通じて汗を流し、農作業に従事したというのに、正月もあけぬうちから米が切れる農民たちの生活も悲惨だ。国際的にいくら支援されても、送られる食糧は軍用米になったり、特権層には回っても、国民は配分にあずかれないから、依然として最低限の人間生活を強いられ、喘《あえ》ぐしかない。

結局、都市でも農村でも、労働者や事務員、農民でも食糧がなくて飢えにさらされる現実はみな同じだ。

自分たちの貧困と飢餓の原因を知るときが必ずくるだろうそのとき、反抗する力は大きくなるはずだ。

ごはんよりも政治学習

北朝鮮では有無を言わせず、地域ぐるみ、組織ぐるみ集められて講演会、映画、文献学習などが定期的に行われる。配給と月給は出なくても、思想学習だけは正常に行われている。

金日成が、「われわれ革命家は一膳、二膳のごはんを欠くことがあっても、思想の糧である政治学習だけは止めてはいけません」と言い、各種の学習に力を注いだ伝統があるからだ。

肉体労働に従事する勤労者、農民は講演会の時間には疲れがピークに達して、大部分が居眠りをして批判される。

一九九六年三月には変わった講演会が行われた。党中央宣伝部の指導員という人が市の自由市場にやってきて、商人を対象に講演会を行ったのだ。最初は誰も、それほどの立場の幹部が、自由市場に登場するとは信じられなかった。ところが、講演会は徐々に北上し、ついに私たちの住む穏城自由市場にまで、その偉大な人物がやってきた。

今日、どうやって食い繋ごうかと思いわずらいながら、商売に必死な民衆の前で、講演が始まった。私もその講演に足を運んだが、中央幹部という立場にもかかわらず、なんの歓迎らしきものがなく、聴衆はまばらで、苦虫《にがむし》を嚙み潰したような演者の姿は実にわびしげに見えた。

まばらな聴衆とは裏腹に、周辺の商人たちのしゃべる声がかしましい。その喧騒《けんそう》を静めようと、声をふりしぼって原稿を読み上げる幹部。すっかり涸《か》れ果てたのどでいわんとする内容ときたら、

「偉大な将軍様が健在な限り、われわれは必ず勝利し、アメリカ帝国主義と南朝鮮傀儡《かいらい》徒党に復讐の烈火を見舞い、南の同胞たちを解放するだろう。私たちは今は少し暮らしが苦しいが、羅津《ラジン》・先峰《ソンボン》地区さえ開発されれば、暮らしはほんとうによくなる」

「ノドン一号ミサイル発射により、米日帝国主義者はぶるぶる震えている。いつも革命的警戒心を持ち、どんな瞬間にも将軍様のために命を躊躇《ちゅうちょ》なく差し出す者だけが忠臣であり英雄である」

「……したがって、その途上で死ぬこと自体が栄光である」

などと格調高く叫び続けた。

演説を耳にしていた民衆は、明日のことなど知ったことか、今すぐ一日分の食糧でもくれるほうがまだましだと笑って馬鹿にするだけだった。

人々は半分も聞かないうちに、自分の商売に戻ってしまった。さすがの私も途中でその場を去ってしまった。それにもめげずに演者は、「人民に対し、いつも熱い愛情を持っていらっしゃる将軍様は××をやるようにと指示を下された」と叫び続けていた。

将軍様の乱発される「提議書」「方針」には、みんなあきあきしていた。

中央党宣伝部指導員といえば、相当のランクの職位だし、このような自由市場で、みっともない講演など決してするようなことはなかったのに、こんな方法に訴えてでも、民心を沈静させ思想大国の威勢を示そうという党と政府当局が哀れに思えて仕方なかった。

中央党宣伝部の彼らがどこまで、いつまでこんな形態の演説会で苦労をするつもりなのかは知らないが、収穫の望めない農作業など、最初からやらないほうが賢明というものだろう。

金日成死亡

一九九四年七月九日。

朝からどんより曇っていた。いつものように、今日一日、どうやって食べるものを探そうかというのが、いちばんの関心事だった。ところが、突然、「正午に特別放送があるので、全員、放送を聞くように」というふれが回ってきた。特別放送などというものはそれまであまりなかったので、村の人たちと、「ひょっとすると南朝鮮の金泳三《キムヨンサム》（大統領）が死んだんじゃないの」などとささやいていた。七九年に朴元大統領が側近のＫＣＩＡ部長に暗殺されたときも、特別放送があったからだ。

私の家にはテレビがあるので、近所の人たちが集まってきて正午を待った。正午の時報と同時に、金日成についての報道を専門とする報道局長が画面に登場した。彼はチョンという名だったと思うが、北朝鮮でふたりしかいない「人民アナウンサー」の称号を持つひとりだ。

彼は見るからに沈痛な顔で話し始めた。

「金日成主席が七月八日午前二時、死去されました」

私たちは最初、誰も信じなかった。そんな人々の気持ちを見抜いていたかのように何度も何度も同じことを繰り返した。それでもまだ信じられない私たちだったが、画面をよく見ると、黒縁の額に入った主席の写真が掲げられているので、うそではないのだという思いが強まっていった。

そのとき突然、誰かがわっと大声をあげて泣き出した。それにつられて、そこにいた全員がわーわー泣き出した。私も悲しくて悲しくて泣いた。こうして地方に追放されていても、金日成に対しては畏敬の念が強かった。祖国解放のために抗日パルチザンとして闘い抜いた彼が、祖国の統一を果たせずに死ぬのは、あまりにも残念だと思えて、自然に涙があふれた。

放送はずっと同じことの繰り返しだったが、しばらくすると、それぞれの地で金日成の銅像のところに行って、弔問するようにという指示が出た。それには、「銅像の前は二四時間、泣き声が涸れないようにすること」という金正日の言葉もわざわざついてきた。銅像がないところでは公共施設に掲げられている写真の前で弔問《ちょうもん》するようにという。各機関や職場では時間差で交代で行けという。

穏城では、わが家から六キロほど離れたところに銅像があった。私も人々に混じって銅像に向かった。途中で雨が降ってきた。しかし、誰も傘など持っていなかった。みんな雨にぬれて歩いた。舗装もしてない道はぬかるんではねがあがった。誰もかれもズック靴を泥だらけにしてぐじょぐじょにして歩いていた。このときほど歩くことが大変だと思ったことはなかった。

弔問には供物《くもつ》の花や食べ物を携えていけという指示も出た。手ぶらではいけないというのだ。人々は山に入って野花を摘んだ。北朝鮮には花屋はないのだから。それだけよけいに時間がかかった。

食べ物は、機関や職場の人たちがお金を出し合って調達していた。そうした供え物が次々と銅像の前に置かれて、置き場がなくなると片づけられていた。私はもう長いことろくにものを食べていなかったので、この食べ物や酒がどうなるのか、無関心ではいられなかった。が、とくに追跡調査をするまでもなく、口に入るものはすべて党幹部や軍人が分け合っていた。

銅像の前から供物のお酒を盗んだものがいて、収容所に送られた。

弔問の途中で足元がおぼつかない女性が転んで、泥だらけになった。その姿を見てくすくすと笑った人がいた。その人たちも全員、即連行されて収容所に入れられた。主席を冒瀆《ぼうとく》した罪だと私たちには告げられた。

悲しみと飢えのなかで、人々は勝手なことを言い出した。誰ともなく担当医師の過ちで死んでしまったのだと言い、医者を殺せと大騒ぎするものもいた。また、死んだときに、なぜ医師はひとりもそばにいなかったのかと。

ただ、みんな、何かに怒りをぶつけたくて、このときは医師がかっこうの対象になったのだ。また飢餓線上をさまよう人民は、自分たちの苦境を首領様が知らないのは、中間層や高位層幹部がちゃんと報告しないからだと、彼らに怒りをぶつけた。しかし、人民の不満を感じ取った彼らは、ありのままを報告すれば首領様に心配をかけてしまうから、そんなことはできないのだ、と言いわけをした。

そもそも行政幹部の無能をののしったところで、どうなるわけでもない。所詮、何の権限もない彼らのこと、何かが一つでも改善されるわけではないのだ。それでも、何かに怒りをぶつけなければ、鬱憤《うっぷん》が晴れない。

今となって飢餓と恐怖政治だけを残して死んでいった首領様を、恨むしかない。

主席の死からちょうど一年後、一九九五年七月、私は出張で清津へ向かう列車の中にいた。例によって列車内は足の踏み場もない混雑だったが、終点が近づくにつれて、少しずつ空間ができて楽になった。

駅までもうすぐというときだった。耳を切り裂くような怒鳴り声と殴り合う音が聞こえてきた。なにごとかと人々が集まって、たちまち人の壁ができた。人垣の中で誰かが誰かを殴っているのだが、止める気配はまったくなく、駆けつけた列車乗務安全員も、殴っているものの凄《すさ》まじい形相《ぎょうそう》にたじろいで、手をこまねいていた。阿鼻叫喚《あびきょうかん》とはこんなことをいうのだろう。

会寧駅で停車すると、死ぬほど殴られた人は何人かの仲間に担がれて、ほうほうのていで降りていった。

殴られたのは中国からきている朝鮮族商人だった。

なぜ、そんな殴り合いになったのか、一部始終を見ていた人たちがしゃべっているのを聞くと、その朝鮮族の商人が、中国から持ち込んだ商品がさっぱり売れずに、売れ残ってしまったことに端を発する。なんとか売りさばかなければならないから、違う町に行こうとして列車に乗った。たまたま車中で仲間たちと会って、情報交換が始まった。そのとき、彼はつい口に出してしまったのだ。

「北朝鮮の野郎ときたら乞食ばかりでさ。品物なんか全然売れやしない」

彼らは中国語で話したのだったが、たまたま中国語のわかる北朝鮮の人間が聞いてしまった。

その人はちょうど食糧を探し求めて、田舎《いなか》の親戚を訪ねる途中だったそうだ。満員列車の中、空腹をかかえてなんとか踏ん張っていたところへ、朝鮮族の吐き捨てた「北朝鮮の乞食野郎」という言葉が自分に向けられたと思い、

「なにい！　この野郎、何だって。おれたちが乞食だってか？　おまえが一度だって北朝鮮の人間を助けてくれたことがあるのか。人が着古したものやら、食いかけやらを持ち込んで高値で売りつけて、てめえの腹だけを肥やす泥棒めが！」

と、つかみかかった。周りの乗客も意味がわかると、朝鮮族商人に寄ってたかって殴る蹴るの暴行を加えたのだ。

誰もかれも自分たちの今の状況や姿、形は乞食と大差ないことを自覚していた。けれども、中国在住同胞からはっきりといわれれば、あまりにも自尊心が傷ついた。貧困に対する鬱憤《うっぷん》が、ちょっと舌を滑らせた朝鮮族商人を生贄《いけにえ》にしてしまったのだ。一緒にいた商人仲間は恐れをなして、止めに入ることもできなかった。

清津や穏城の大規模な自由市場に並ぶ工業製品の大部分は、中国人かつぎ屋や中国の延辺《イエンピエン》に住む朝鮮族が持ち込むものだ。そういうかつぎ屋を業としている人たちは、中国でも底辺の苦しい人たちだということを、私は中国に行ったときに初めて知った。その人たちさえ、北朝鮮にいるものから見れば、何不自由なく食べて、着て、働いていることに私は言葉もなかった。

人々の心がすさんでいくにつれて、北朝鮮の人と朝鮮族のいさかいは増えた。

穏城自由市場でのことだ。人民軍の徴兵《ちょうへい》で、明日は両親のもとを離れて一〇年間の軍生活に入るという、ある高等中学校卒業生が、親戚から餞別《せんべつ》にもらったわずかのお金を握りしめて市場にやってきた。

弟たちに何か記念になるものを買うつもりで、市場を回ったのだが、少年の手持ちのお金ではどうにもならなかった。半分あきらめ、それでもなんとか安いものをと思って、品物が並んでいるある露店の前を通り過ぎようとしたとき、朝鮮族の商人が言った。

「乞食めが！　買いもしないのにしつこく値段ばかり聞きやがって、口が痛いよ」

子供だとあなどって、あからさまに北朝鮮の人間を見下げた態度をとった。その瞬間、朝鮮族商人めがけて矢のような拳《こぶし》が飛んだ。

「この野郎！　もういっぺん言ってみろ。おれたちが乞食野郎だと！　誰が望んで苦しむんだ。祖国を統一するためにがまんしてるのだぞ」

口走りながらつかみかかったのは、人民軍の新兵だった。

彼の勇敢な姿に刺激された周りの人々も、この際とばかりに、自分の近くにいた他の朝鮮族商人めがけて一斉に殴りかかった。騒ぎを聞きつけて、市場の巡回安全部員が止めに入ったが、

「おい！　おまえも仲間なのか！　死にたければこの中に入れ」

と、興奮した群衆たちは激怒して叫んだ。

結局、最初の朝鮮族の男は半殺しにされ、社会安全部のトラックに運ばれて応急処置を受け、その夜のうちに中国に戻ったという。

弱いものが、弱いものをいじめる惨状、悲劇である。

川を渡って中国の側に立ったとき、少なからぬ朝鮮族同胞が、「自分たちにも苦しかった時期があったことを忘れてしまって、北朝鮮が貧しいからと蔑《さげす》むなんて、人間のモラルが失われてしまったんだよ」と嘆いていた。

嘆く彼らも、モラルを失っている同胞も、北朝鮮のこの困窮が、人民が間抜けや怠け者だからではないことを、百も承知していた。

第九章

脱出

夢でなかったら……

一九九四年四月、ゴルバチョフ元ソ連大統領が韓国を訪問して、金泳三《キムヨンサム》大統領と会談した。北朝鮮は、東ヨーロッパ共産圏の崩壊は、ゴルバチョフの責任であると断罪していた。そのゴルバチョフが韓国を訪問するとは、許しがたい行為であり、彼は背信者であると、激しく非難し、攻撃した。

そんなニュースを私たちは、いつものように遠い世界のできごとのように聞いていた。ところが、この会談の通訳を務めたのが、ほかでもない、私の長男のチョン・ヒョンではないかという情報が伝わってきた。もちろん、かなり時間がたってからのことだったが。

追放のつらい生活のなかで、私たち一家は、決して希望を捨てなかったが、それは、いつの日か息子がきっと私たちを捜しにくるというものだった。そして、再会の日がきたら、そのときには苦痛も悲しみも昔話にして暮らせるだろうと信じていた。かすかな、かすかな希望だったが、私たちはその希望にすがっていた。そんなところへ夢かうつつか、うそみたいな話が伝わってきたのだ。

もちろん、北朝鮮でそんな会談の模様が、テレビ放映されるわけはない。外国の放送が北朝鮮のテレビに生で流れるなどということはありえない。唯一、ピョンヤンの朝鮮中央通信社だけが各国のニュースを直接見ることができ、それに基づいて国の対外政策が立てられるといわれている。

このゴルバチョフ・金泳三会談の様子を見て、もしやと最初に気がついたのも、その朝鮮中央通信社で働く人だった。会談のニュースそのものは日本のテレビが放送したものだった。

朝鮮中央通信社の外国関係部署で働く彼、仮にAさんとするが、彼は、仕事の一環で、その番組を見ていた。すると、両首脳の間で通訳をしている男に見覚えがあった。どこかで見た顔なのだ。誰だろう、と考えて、そうだ、友人のチョン・グァンの兄さんではないかと気がついた。

もしかして、グァンの兄さんは、韓国に亡命したのではないか。そして、そのためにグァンも追放になったのではないか。点と線がつながっていき、謎が解けて、グァンの兄さん、チョン・ヒョンだ、とほぼ確信を持ったときは、Aさんは気絶するほど驚いてしまったそうだ。

北朝鮮では、金日成《キムイルソン》父子に花束を一度でも手渡したり、彼らを前にして単なる隊列報告をするだけでも、最上の栄光であり、それは代をついで信任を受けることを意味する。そういう価値観から判断すると、大統領の通訳をするということは、想像を絶するできごとなのだ。

それだけでも、驚いて言葉を失ったが、もう一つ信じられないことがあった。それは、かねがね北朝鮮政府当局が、亡命した者は韓国で政治的に利用するだけされて、用がなくなったら両眼をくり抜き、腹を引き裂いて殺してしまうと繰り返し宣伝しているからだ。実際にそういう映画まで上映して、韓国当局の残忍さを絶叫しているのだ。それなのに、どうして亡命者が生存していて、両首脳の間に入って通訳までしているのだろう。混乱するやら驚くやらで、まさに気絶しそうだったという。

そして、Aさんは覚悟の上で、時間はかなりすぎてからであるが、私たちにその情報を教えてくれた。それを聞いた瞬間、私たちもまた気絶するほど驚き、

「夢ならどうか醒《さ》めないでおくれ……」

と思うばかりで、あまりに衝撃が大きすぎて、Aさんの話をそのまま受け入れる心の準備もなかった。

私たちは幸か不幸か、国境の村に追放されたおかげで、中国と北朝鮮を行ったり来たりしている朝鮮族同胞と話をする機会があった。私たちがこの土地に慣れるにつれて、彼らが、「南では人間は自由で、経済も北とは比べものにならないくらい発展していて、暮らしも豊かだよ」といった話をさりげなくしてくれる。また、亡命者がひどい扱いをされることもなく、能力次第で評価もされるし、暮らしも楽だ、といったことも断片的ではあれ、聞いていた。韓国について理解が深まっていたときだったから、もしかしたら、グァンの友人、Aさんの話は本

当かもしれない、と次第に確信へと変わっていった。

このニュースは、私たちにとって生きる力になった。これまでは、きっと生きていると希望をつなぐいっぽうで、第三国に逃亡したものの北朝鮮の保衛部に捕まって銃殺されてしまったのではないか、韓国に行って利用されるだけされて、死んでしまったのではないか、という思いもぬぐいきれず、絶望と希望が入り乱れていた。

でも、このときから絶望は消え去り、夢が翼をつけ、空高く舞い上がっていった。

これを境に私たちはどんなに苦しくても耐えられるようになり、涙ではなくて微笑みを持てるようになった。

しかし、私たちにこの情報をもたらしたグァンの友人Aさんは、窮地に立たされてしまった。本来、朝鮮中央通信社の外国関係部署のようなところに勤めている人は、出身成分も高く、相当な地位にあり、水準も高いとみなされている。そのなかでもAさんは力のある存在だったようで、極秘の情報もかなりつかんでいたようだ。場合によっては、そういう極秘情報などを必要としている人に、さりげなく耳打ちしてあげるので、好感を持たれていたらしい。

ところが、Aさんの友人のなかに保衛部要員がいたのだ。Aさんの不用意な発言を聞きのがさなかった。Aさんは審問を受けることになってしまったのだ。その結果、極秘情報を流していることが露見。さらにその場で、私の息子のヒョンの件も自白を余儀無くされたようだった。すべて、あとで聞かされた話だが、さる政治犯収容所に入れられたという。私たちは危機一髪のところでAさんに救われたのであって、もう少し時期がずれていたら、ヒョンが南で元気で生きていることも知らないでいたかもしれない。

私たちはAさんに感謝の言葉さえ伝えられなかった。その埋め合わせはいつになったらできるだろうか。私たちのために収容所に送られたAさんに、今はただ、許してほしいというしかない。

それにしても、人間の欲望というものは際限がないものだ。最初はただ命あってほしい、と願っていたものが、次は、なんとか丈夫であってほしいと願い、それで満足なはずだったのに、生きていることがわかったとたんに、自筆の紙切れ一枚でも送ってきてはくれないものかと、思うようになっていた。

逮捕

ついに、ついに長男のヒョンが、私たちの住む穏城《オンソン》からすぐの国境の町、中国の延吉《イエンチー》にやってきた。

そのことを中国延辺《イエンピエン》の朝鮮族の使いが、極秘で知らせてくれた。連絡を受け、次男のグァンと三男ヨンの婚約者の父親とが密かに国境を越えた。なぜ三男の婚約者の父親がその役を負ったのかというと、実は彼こそが、長男からの手紙と情報を伝えてくれるために大きな力を貸してくれた人だったからだ。

彼と私たち一家は以前より親交があったのだが、一九九七年二月一七日、彼の次女とヨンは婚約を交していた。家族と同じように信頼できる人物だった。

間に入ってくれた朝鮮族の人間は、もちろん北朝鮮の国境警備隊に相当のお金を渡して越境の安全を確保していた。そのお金はヒョンが韓国に亡命してから受け取った定着資金、支援金、そして自分で稼いだ中から都合したきわめて貴重なものだった。そればかりか、ヒョンはようやくの思いで手に入れた自宅を売却し、借家住まいに切り替えて費用を捻出《ねんしゅつ》したのだ。

ヒョンとグァンの兄弟、そしてヨンの婚約者の父親は、延吉市内のあるホテルで再会を果たした。

顔を合わせるやいなや、兄弟の目からはみるみる涙があふれだし、大きな嗚咽《おえつ》に変わり、劇的な再会を果たした兄弟の姿に、見守るヒョンの友人たちももらい泣きしてしまったという。

許された面会時間は八時間ほど。言いたいこと、聞きたいことは互いに山ほどあったが、いずれゆっくり話せる日が来るだろうからと後回しにし、今は何よりも脱出計画を練り上げることに専念した。そして、ふたたびの邂逅《かいこう》を約し、きっと会えるからと確信し、笑顔で別れたのだった。

国境の南陽《ナムヤン》で心配して待っていた私に、戻ってきたグァンが語ってくれたことは、信じ難い夢のような話ばかりだった。脱出のことを考えてこの母は眠れぬ夜々を過ごしていたというのに、兄弟ふたりはいとも簡単に脱出を決めてしまったのだ。北朝鮮にはさまざまなしがらみもあるはずなのにと私は、あきれるしかなかったが、ヨーロッパで暮らした彼らの経験が、決断を促したのだった。

南陽から穏城まで一二キロの夜道を歩いて帰りながら、グァンは次々と驚くような話をしてくれた。金日成父子の腐敗した私生活、不正、そして韓国の発展状況なども。聞いていくうちに、私たち一家は祖国北朝鮮を捨てるべきなのだ、それが私たち一家の運命なのだと、あらためて自分に言い聞かせていた。

私にとっては、わが子に会える脱出であり、息子たちには兄と再会を果たす脱出。しかし、問題は、次男グァンの妻、キム・ジョンエのことだった。

私たち肉親だけで脱出すべきなのか、ジョンエを連れて行くべきなのか。いずれにしても容易に解答の出る問題ではなかった。あれほど私たちを信頼し、大切にしてくれる彼女の両親には、どちらを選んでも裏切り行為以外のなにものでもないのだから。

迷ったまま、私たちは次の日の夜には脱出を決行しようと決めていた。警備隊員へは、ヒョンが用意してくれたお金でとどこおりなく手配を済ませてあり、脱出の時間も場所もすべて事前に示し合わせてあった。

それだけの準備ができているというのに、グァンの妻にはまだ何も話してなかった。しかし、黙ったまま決行するわけにはいかない。グァンはみずから妻の両親に事実をすべて打ち明け、彼らの承認の下にすべての行動を決定しようと言った。それがどんなに危険なことかを知らないわけはないのだが、良心に反する行動がどうしてもできないというのだった。正義感が強く、原則にこだわる次男らしいと思った。

軽い気持ちでうちにやってきて、この話を聞かされたグァンの妻、ジョンエの両親が、どれほど驚いたかはいうまでもない。グァンから事実を打ち明けられた瞬間、夫婦は気絶するほど驚き、言葉を失った。

ひとり娘のジョンエに大きな期待を寄せてきた両親。ここで別れたら、生きてふたたび会えることはないことを、誰よりもよくわかっていただろう。

母親はまったくとりあわずに、

「あなた、気は確かなの。首領様の懐を離れ、いったいどこへ行こうというの。死んでも行かせるわけにはいかないのよ！」

とわめき、隣にいた私に向かって、

「クムソンのおばあさん！　私らに、偉大な首領様の肖像画が刻まれている党員証を片時も離さない老党員に、果たしてそんなことが許されると思ってますか」

と叫び、私のことを革命の背信者と罵った。クムソンとは、私にとっても彼女にとっても、目の中に入れても痛くないかわいい孫。この孫の将来がどうなるかわからない不安で、胸が張り裂ける思いだっただろう。それは私とて同じことだった。

グァンと妻のジョンエは手を取り合って泣いた。孫のクムソンはわけもわからず、大人たちの顔をかわるがわる見ていたが、自分の父母が泣くのは、さっきから大声をあげているおばあちゃんのせいだと思ったのだろう。賢い孫だ。

「どうしてアボジとオモニをしかるの。どうして泣かせるの。おばあちゃんなんか嫌い！　早く自分の家に帰って！」

と、小さなこぶしでジョンエの母親に殴りかかり、家の外に押し出そうとした。

一言も発しないまま、逃げるように私の家から出て行ったジョンエの父親の後ろ姿を見た瞬間、私はなんと罪作りなことをしてしまったことかと、自分の身を呪った。

ジョンエの母親は憤然とし、泣き叫びながら夫のあとについて、家に戻っていった。

ジョンエの実家は幹部用住宅だった。一棟に二世帯が入居しているのだが、隣が社会安全部長の家だった。顔を真っ赤にし、肩をふるわせて帰宅した坑長、つまりグァンの義父と、嗚咽しながらその後を追う坑長の夫人を見た瞬間、社会安全部長はただごとではないと直感した。すぐ彼らの後を追い、慰めながら事情を聞く社会安全部長。よりによってその彼に、グァンの義母はありったけをしゃべってしまったのだった。

詳細を聞いた社会安全部長は、

「すぐに党に行き、保衛部に行き、自首しなさい。党は寛大に処置してすべて許してくれます」

と言った。

それからすぐにジョンエの実家には親戚が集まり、万が一、私たち一家が脱出してしまったら、自分たち一族にも災いが及ぶと警戒し、わが家を見張りはじめた。

私たちは家を抜け出すことができなくて、国境警備隊との約束の時間も過ぎ去ってしまった。妻の母親が社会安全部長にすべて話してしまったということを知って、グァンは顔色を変え、

「オモニ！　自首するのは自滅です」

と体を震わせて悔しがった。

だが、他に道はなかった。徹底した監視網という、どうにもならない囲いの中で、グァンは自首していった。

「先に亡命した兄のヒョンに中国で会ってきました。兄は私にも亡命をそそのかしました。しかし、私は首領様と祖国に最後まで忠誠を尽くします。兄の背信行為を強く非難してきました」

保衛部ではグァンに、

「あなたは真に優秀な党員です。これであなたを完全にわれわれの側の人間であると信じます。何も心配しないで、戻って仕事をしっかりやってください」

と、言ったそうだ。彼は、「肩をたたいて励まされた」と言って帰ってきた。自首したので、すべてを許してあげるという寛大な処置だったのか。

私は半信半疑だったから、次の日の夜グァンを再度、中国に行かせた。それほど私たちのいたところと中国とは近い距離にあったのだ。

私は、グァンに託した。

「北朝鮮の保衛部員はいつでも豆満江《トウマンガン》を渡り、ヒョン兄さんを逮捕するに決まっている。危ないから、すぐにソウルに戻るように言いなさいよ！」

万一に備えて、この間のすべてのいきさつは、私とグァンだけしか知らないことだと口裏を合わせた。兄のヒョンに会いに行ったのもグァンひとりだけ、案内人も延辺朝鮮族という以外は顔も知らない人間だということにした。

あきらめ

それから何ごともなく三日間が過ぎたので、私たちは、「党はほんとうに慈悲深く、母なる大河のようだ、私たちの過ちをすべて許してくれている」と信じ込み、つかの間ではあったが、安堵《あんど》の息をもらした。私はこのままこの地に踏みとどまることを決め、亡命はあきらめた。

ところが、三日目の夜九時ころになって遠くピョンヤンから国家保衛部員が五人、足枷を携えてわが家にやってきて、グァンを逮捕した。三日間という日はピョンヤンから穏城へ彼らが到着するまでの猶予でしかなかったのだ。

罪名は、「無断で豆満江を渡り韓国人である兄に会った」ということだった。私たちは、自分たちの向かおうとした目的地は中国の内陸部であり、長男が家を買ってくれるというので会いに行ったまでだと主張し、韓国に行く話はおくびにも出さなかった。

眠れないまま夜を明かした翌日、私と三男のヨンも、村の保衛部に連れて行かれて取り調べを受けることになった。

取り調べは、一切の食事も睡眠もなく続けられた。私たちはそれぞれ別室で取り調べられたが、保衛部員は私にありとあらゆる罵詈雑言《ばりぞうごん》を浴びせかけた。

「このアマ、くそばばあ！　どうした、お天道《てんと》さんを拝みたくはないのか。民族を反逆した長男が国境近くに来たら、おれたちに報告して、逮捕させなければならないだろうが！　なのに次男の野郎を会いに行かせるとは、とんでもない反逆者のばばあじゃないか」

「ものわかりがよくなるようにかわいがってやろうか」

三〇代半ばの保衛部員はありったけの汚い言葉で毒づいた。

隣の部屋では、ヨンが取り調べを受けていた。ヨンは保衛部員が母親に口汚く罵《のの》しるのを耳にしながら、興奮のあまり自然に手にこぶしを握って、内心で叫んだという。

「こいつらめ！　おまえらが小便たらしていたころ、うちのオモニは党と首領のために青春をすべて捧げていたんだ。党にどれほど尽くしたか、それを言えば、お前らなんかオモニの足元にも及ぶもんか……」

取り調べは三日間続き、とくに末っ子のナムの行方を吐けと迫られた。

「このアマ！　ばばあめが、末っ子のガキをどこにかくまった」

私もヨンもあらかじめ決めていた答えを繰り返した。

「ピョンヤン鉄道大学電気鉄道学部の通信制を卒業したナムは、二五キロ離れたサンボン鉄道管理局に職場移動のために出向いています」と。

彼らはその確認を取ろうと躍起になって電話をかけた。だが、不通で交信できないために、いっそういらついていた。なんともみっともない話だが、この国では保衛部から鉄道に電話を入れる場合、保衛部交換から社会安全部交換、鉄道交換、企業所へと順を追っていかないと通話ができない仕組みになっているのだ。そして、ようやくつながるかと思えば、必ずどこかの交換が停電、故障、架線不調などで途切れてばかりだった。

そんな彼らに、私は、内心の恐怖を押し殺し、

「保衛部員同志、ナムは必ず来ますから、大丈夫。今は列車がありませんのに、二五キロの遠距離からどうして歩いてこれますか」

などと言いながら、機嫌とりもしていた。

実際のナムは、グァンが逮捕されてすぐに穏城の事情を伝えようとヒョンに会いに中国に渡っていた。弟から話を聞いたヒョンは、

「ああ、自分のせいでグァンがつかまってしまったのか！　これではオモニもヨンも見殺しにしてしまうことになる」

と言いながら大地を叩いて嘆き、激高したという。そして、

「ナムよ！　おまえだけでも生き延びろ、それからオモニと兄さんたちの仇を討つんだ！」

と言い残し、彼を中国の友人の家に預けてソウルに戻った。

北朝鮮脱出に失敗して捕まれば、誰であれ大変な懲戒が待っているが、私たち一家のような「民族反逆者」と烙印を押された家庭で、脱北事件が露呈すると無条件で銃殺刑に処される。

ここまできた私たち一家を待っているのは、逃亡か銃殺刑しかなかった。

事実、この日の夜、私は保衛部員の会話を聞いてしまった。

「もたもたすることないでしょう、母親もガキも早く捕らえて、すぐ撃ち殺しちまいましょうよ！」

と言ったのは、処刑を急ぐ若い保衛部員だ。それに対して、郡保衛部の捜査課長はたしなめるように、笑いを押し殺したような低い声で答えたのだ。

「そんなに焦りなさんな。そんなことじゃ末っ子にバレて、逃げられてしまうんだよ。全員ひっ捕らえて、黒い豆玉（銃弾）を一斉にくらわせなけりゃ！」

こいつらは、人を殺すのに楽しみながら処刑がやれる野獣、いや、それ以下の人間なのだとふるえながら、私は聞いていた。怒りと興奮で全身の血液が煮えたぎり、逆流するのをなんとか抑制し、とにかく保衛部の外に出る機会がきたら、必ず脱出するのだと決心した。むざむざと銃殺刑になるなら、豆満江を渡る途中で撃たれるほうが、どれだけましかしれない。

保衛部員は、私とヨンが取り調べで家を空けたままだと、ナムが帰ってきたときに怪しむだろうからそれはまずいと考えて、ある罠《わな》を仕掛けた。つまり、私とヨンを囮《おとり》に使って、行方がわからないナムを呼び戻そうとして、取り調べ四日目の夜に私たちをいったん家に戻すことにしたのだ。

家に帰ってみると、飼っている山羊《やぎ》がいなくなっていた。私たちが取り調べを受けている間中、わが家は監視下に置かれ、ずっと見張られていたが、その間に保衛部員がわが家の貴重な財産である山羊を絞めて、酒の肴《さかな》にしてしまったのだった。

もちろん、ことのしだいを知った私たちの怒りは抑えきれるものではなかったが、とにかく家に戻るチャンスさえあれば、絶対に逃亡しようと計画していた私たちだったから、山羊が食べられてしまったことをネタにヨンが一芝居うつことにした。

「うちの山羊がいないっ！　いったいどこのどいつだ！　うちの山羊を食ってしまった奴らは。殺してやるっ！　オモニ、うちは山羊を失って、これからどう生きてゆくんですか」

と、私もびっくりするくらい大声で泣きわめき、村中に響き渡るような大騒動にしたのだ。ものすごい剣幕に保衛部員は色を失い、自分たちで食べておきながら、口をぬぐって心からすまなそうに、

「ふたりは家にいなさい。私らが明朝、人民班に行って調べてみよう。それから、末っ子が戻ったらすぐに連絡するんだぞ！」

と言って、私たちを家に残して消えてしまった。

いっぽう、グァンは、郡保衛部に護送され、残忍な拷問を受けていた。しかし、計画については決して口を割ることがなかった。だが、間髪を入れずに、家族全員に逮捕令が出された。そんななか、なんといっても心の通う近所の人たちはありがたい存在だった。保衛部員が私たちの逮捕に向かう準備をしているから、早く身を隠すようにと連絡をくれたのだ。もう他に方法はない。決して後戻りはできない。

決行

私たちは、必ず持っていこうと前から決めていたわずかの荷物を手にして、家を出た。私はヨンに手を引かれ、闇にまみれ、生い茂るトウモロコシ畑のなかを進んだ。ふたりとも着のみ着のままの作業着姿で必死で走った。

協力者たちのありがたい支援を受けながら、ついに豆満江の河岸までやってきた。この川を渡れば、そこはもう中国だ。自由になれるのだ。気が急《せ》いてしかたがなかった。

それなのに、私はグァンのことが気になって、河岸で、どうしても最後の一歩が踏み出せなくなってしまった。

私は立ち止まり、ヨンに、

「グァンをこのままほっておいては私はとても行けない。おまえだけ行きなさい」

と告げ、座り込んでしまった。体も心も、もう私のいうことをきかない。

するといと、息子が私を叱りつけた。

「オモニ、夢から目覚めなさいよ。オモニがここに残ったからといって、グァン兄さんが許してもらえ、釈放してもらえると思うの。オモニが行かれないのならぼくも行けない。みんな捕まって犬死にしてしまうしかないんだよ。

ここでぼくたちがみな死んでしまったら、ソウルで待っている大きい兄さんも死にますよ。それでみんな死んでしまったら誰がぼくらの仇《あだ》を討《う》ってくれますか」

大地を叩きながら男泣きする息子。私が声を詰まらせていると、

「オモニ！　元気を出して、必ず生きて再び兄さんとお会いしましょうよ」

と促し、ヨンは私を背負い、静かに豆満江の水の中へと入っていった。河岸から四メートルまで入ったところを見つかれば、間違いなく北朝鮮の警備隊に撃たれる。しかし、中間点を超えれば、中国の領土なので北の兵士は撃つことができない。これだけは持って出ようと決めたわずかの写真類はなけなしのビニール袋に入れて、頭にくくりつけたが、私の心臓の鼓動をそのまま伝えてばくばくとふるえていた。

夫と私が忠誠の限りを尽くして、支持してきた私たちの祖国！

生命が消える最後の瞬間まで、金日成肖像画を見つめ、妻と子供たちの運命を託し、瞼《まぶた》も閉じずに亡くなった夫！

実家、母の里、結婚したチョン家の家族、親戚のみながみな朝鮮労働党員であった誇り高い私たち一族が、今このように指名手配されて、その逮捕網を潜り抜け、逃亡する反逆者になろうとは。ここまで追い込まれようとは、いつ誰が想像することができただろうか。

未来を信じ、ひたすらに歩んできたが、進む一歩ごとに、時間が経過するごとにひどくなる迫害。息さえも自由にできない社会。人々が飢えに苦しむ社会。

それを思ったとき、最後に残った未練も暗闇の中に立ち消えてしまった。

それにつけても、置いてきたグァンの妻、孫、今ごろ拷問にあっているだろう次男グァンの顔が、かわるがわる浮かび、まことに申しわけなく、悲しく、悔しくてたまらなかった。

私も、ヨンも今渡っている川の深さ、流れの早さなど何にも知らず、とにかく覚悟を決めて、向こう岸を目指して一歩ずつ進んで行くしかなかった。

「オモニ、もうすぐですから、安心してください！」

と励ます息子の声に重なって、警備隊員たちの叫び声と発砲の銃声が、まるで夢でもみているかのように聞こえてきた。

けれども、いつしか怖さは消えていた。人間、死を覚悟すれば恐いものはないという真理を、私はこのときに初めて体で感じた。

息子の背中から滑り落ち、水中に沈んだり、つまずいたり、泳いだりしながら、なんとか中国の岸にたどり着くことができたとき、いったい、どれほどの時間がたっていたのか、だいたいの見当さえもつかなかった。

追手《おって》の銃撃と水に溺《おぼ》れ死ぬ危険からは免れられたが、中国側の公安隊員の監視をどうやって逃れることができたのかは、今も私には記憶がない。途中、岩にぶつかったり、とがった石で足を切ったりしたらしかった。足のところどころがあざになったり、血がにじんだりしていた。

ただ、ほんとうに幸運だった、というしかない。これほどの危険を冒しながら、それをどう乗り切ったのか。考えると身の毛がよだつが、とにかく北朝鮮脱出は成功したのだ。

中国側にたどり着いて、今は対岸となった穏城方向を振り返ると、ちょうど列車が穏城駅に入るところが見えた。その列車の屋根の上まで人間が鈴なりになっているのを見ながら、あれこそまさしく、私が逃げ出してきた北朝鮮を象徴していると思わずにはいられなかった。

そのとき、ナムを捕まえようと待機していた保衛部員は、列車を降りる乗客の顔をひとりずつ調べ、確認していた。しかし、現われなかったので、わが家に急行したところ、家の中はもぬけのからで地団太《じだんだ》を踏んだ、と後にやはり脱出してきた人たちから聞かされた。

そのとき、私たちはすでに中国の地をしっかり踏んでいたのだ。

岸から上がるとすぐに私たちは、ずぶぬれの服を脱いで着替えた。決行の日が大幅にずれたにもかかわらず、ヒョンの友人と朝鮮族同胞が万全の態勢で待っていてくれた。すぐに朝鮮族同胞の老女の家で休ませてもらい、それからタクシーに乗った。途中で何度かタクシーを乗り換えて、夜通し走り続け、国境から遠ざかった。行く手には末っ子のナムが、私たちの到着を、今か今かと待っていた。

異国の地

命を賭けて脱出し、国境のこちら側に立って見ると、あまりにも違いすぎる環境に驚き、体が震えた。たった一つの川で隔てられていただけなのに、向こう岸から見る中国の地は、そのときの私の頭ではとうてい理解できるものではなかった。

明るい電灯、遊園地で回転している大観覧車、疾走する乗り物、公園でも街でも若い男女が腕を組んで散歩している姿、商店に並ぶ山のようなくだもの、菓子類、私は物語で知った竜宮城にでも迷い込んだのかと思った。

私たちの住んでいた穏城の一帯は、国境沿線ということで、国境線から二キロに限って夜、電気が流れたので電灯をつけることができた。それだけでも恵まれていると感謝しなければならなかったのに、このまぶしい電灯の光は、なんなのだろう。

ひっきりなしに走る車は、北朝鮮の南陽からも川越しによく見えていたが、それは、国境線で人を捕まえるために走っているのだと思いこんでいた。ところが、そうではなくて、いろいろな物資を積んで走っているのだから、びっくりしてしまった。

北朝鮮では、男女が腕を組んで歩くのは修正主義に染まることである、と党中央から禁止の文書が出ていた。それなのに中国辺境の小さな都市、図們《トゥーメン》でさえ、若い人たちが腕を組み、笑いさんざめきながら歩いている。大きな公園には歌ったり踊ったりしている人たちもいる。この街の夜の光景は鮮烈に私の目を射た。

露天でも煌々《こうこう》と電灯をつけて、トマトやスイカなどを山のように積み上げて売っている。北朝鮮でも農場ではトマトを栽培していると聞いたことはあったが、私はもう何年も見たこともなかった。スイカにいたっては、それがなんであるかも知らなかった。

しかし、こんな光景にばかり目を奪われてはいられなかった。私とヨンは北朝鮮から来たことを、誰にも悟られてはならなかったのだ。

ヒョンと友人たちは、国と民族を超えて、厚い友情で結ばれていた。私と息子ふたりを自分の母親、弟と同じに思っていると言い、「もう大丈夫だから、安心してぼくらにまかせなさい」

と笑顔で言ってくれた。

ある家に落ち着くと、彼らは留学していたとき、ヒョンと一緒に写した写真を見せてくれた。そして「ヒョンとは一緒に学んだし、彼はとても優秀だった。ぼくらは深い友情で結ばれているので、お母さんは、ぼくらのことをヒョンと同じように、自分の息子だと思ってください」とまで言ってくれた。

国も民族も、皮膚の色さえも違うものが、このように互いを思いやるのに、どうして飢えて死ぬ人が続出している北朝鮮の権力者たちは、人民を思いやれなくなっているのか、と思うと口惜しくてたまらなかった。

二〇年前、中国在住の同胞はあまりの貧しさに耐えかねて、豆満江を密かに渡って北朝鮮に入り、親戚から履物、布地など手当りしだい恵んでもらったり、捨て値で譲ってもらったりしていた。今では変貌した中国が、北朝鮮住民の羨望の地となっている。私たちを助けてくれた朝鮮同胞も、そういう人々だった。

街を歩けば、あちこちでさまざまな食べ物の残りを目にし、捨てられているのも見た。今、この瞬間にも川の向こう側では多くの人たちが生命の限界線をさまよっているというのに、この現実はなんとも残酷で胸が痛んだ。

その後、私たちは二〇日あまりの間に八回も寝場所を変えた。その間もヒョンの友人は、

「ぼくたちがしっかり守っているから、大丈夫ですよ」と励ましてくれ、「自分たちはヒョンの親孝行に感動しているんですよ」などと言いながら、私に生まれて初めての高級洋服を買ってくれ、腕時計と靴も新調してくれた。私が北朝鮮にいたときしていた腕時計は、金日成の名が刻印されていた。それももう昔のことだ。

真新しい服や時計に、もったいないことだと思いながらも、何時《いつ》どうなるかもしれない身の上を考えれば、北朝鮮の人間であることをひたかくし、警戒心を緩めることはできなかった。

もっとも、体力のあまりない私は、外に出るだけでも疲れてしまって、建物の中に閉じこもった。それに、顔は真っ黒に日焼けしていたから、外見からすぐに北朝鮮の人間だと見分けがつくだろうと心配だったのだ。北朝鮮ではなんとも思わなかったのだが、ここには私のように日焼けしている女はいなかった。腕が剝《む》き出しになる半袖のブラウスもとてもじゃないが、着られなかった。しかも中国語はまったくできないから、不安が先立ち、耳も聞こえなければ話すこともできない人のふりをしていた。

そのころ、穏城では、私たち家族を逮捕するために、社会安全部員養成学校である咸鏡北道《ハムギョンプクド》政治学校の学生六〇〇人が動員され、三日間にわたって近隣の山々をくまなく捜査したそうだ。しかし、取り逃がしたという結論に至り、私たちの取り調べを担当した保衛部関係者全員が解雇されたそうだ。釣った魚に逃げられてしまった責任は重かったようだ、と国境を超えて行き来している朝鮮同胞が報告してくれた。

懸賞品としてドイツの高級乗用車、メルセデスベンツまで用意したともいう。また、くまなく探せということで、わが家は天井、オンドル部屋、壁、すべて剝《は》がされ、見るも無残な廃屋になってしまったという。

私たちが豆満江を渡ったことくらい、百も承知しているだろうに、こうした捜索は、気休めと見せしめのためにしたのだろう。

一週間もすると、少しずつ周囲の様子がわかってきたが、いちばん驚き、またうれしかったのは、中国朝鮮族の絶対多数が北朝鮮を支持していなかったことだ。

とくに金日成、金正日親子のことを首領としてはおろか、人間扱いさえしていないのではないかと思うくらい罵っている。北朝鮮で私たちは、中国は同じ共産圏国家だから朝鮮族の同胞もみな北朝鮮を支持し、首領を称賛しているとばかり思っていた。ところが、実際はどうだろう。私たちがいかに誇大妄想症の、井《い》の中の蛙《かわず》だったかということをつくづく知らされた。そして、留学で広い世界を見たふたりの息子が話していたことと、中国在住同胞の言葉が一致し、息子たちの話は本物だったのだと今さらのように理解でき、そんな自分が情けなくもあった。

金日成は、一九三〇年代に吉林《チーリン》で毓文《ユンムン》中学校に通ったが、その学校が現在も革命遺跡として大切に維持、管理されていると北朝鮮では教わってきた。が、現地に行って見ると、教えられた話とは大違い、ひどく荒廃していた。

ありとあらゆることにショックを受けた私だが、行く先々で会う人みんなが同じ語調で「北朝鮮は国も指導者も、人民も馬鹿だ。そんな国を脱出してよかったよかった」と脱出を心から祝ってくれた。それだけになおさら、残してきたグァンとその家族、親戚、友人、お世話になった近所の人たち、職場の人たち、すべての人々が次々と脳裏に浮かんでは消え、食べ物も喉《のど》を通らず、眠ることもままならなかった。

そんななかで、ついにヒョンに会った。「今日、ヒョンに会えるでしょう」と知らされた日、彼が二〇歳のときに別れてから、もう一〇年以上もの歳月が過ぎていることを知り、私は愕然とした。わずか一三歳にして、一家の大黒柱にならざるを得なかった息子。留学を経て、大人になり、祖国を捨てた息子。会いたくて会いたくてたまらなかった息子に、いざ会えるとなると、どうやって言葉をかけ、どんな顔をして会ったらいいのか、まったくわからなかった。

一九九七年八月三一日、あるホテルの一室で、ついにヒョンに会った。

「ヒョンや、グァンを置いてきてしまった」

私はそう言ったきりだった。ヒョンは泣きながら言った。

「オモニ、どうしてグァンを置いてきたんですか。あいつはね、『兄さん、明日の晩、オモニと弟たちを連れてきます』って、ぼくと約束して穏城に帰っていったんですよ」

私には言葉がなかった。

「グァンは、一晩だけですぐまたこっちに来るから、と言って別れたのに。どうして、どうして」

ヒョンは号泣した。弟たちも私もただ泣いた。握った手と手が涙でぐしょぬれになった。

終章

ソウルにて

韓国行き飛行機

最後に滞在した第三国の国際空港で、私は初めて大韓航空機を目にした。明るい空色の機体が目にまぶしい。飛行機に乗るのも、私には初めての経験だ。平静ではいられなかった。

それより前に、私たちを追って北朝鮮の保衛部員が多数、第三国に出国したという連絡を受け取っていた。私たちが最後にいたその地には、ある貿易会社の名称を使った保衛部の拠点があることを、あらかじめ現地の人から聞いていた。

そして、昨夜、滞在していたホテルで見た日本のテレビの衛星放送が、「亡命者チョン・ヒョン氏の家族三人が北朝鮮を脱北して韓国に向かうために現在、第三国に滞在中である」と報道しているのを、一緒にいた人から教えられた。日本語なので私にはまったくわからないニュースなのだが、私たちのことを話しているというのだ。心臓がドクドクというほどに、緊張感が高まっていった。その夜のうちに、ヒョンはさらに別の第三国に出発した。

ここ空港にいても、私たちの前に北朝鮮保衛部の要員が、いつ現われるかもわからないのだ。私たち家族三人はばらばらに離れて、互いにまったく知らない人どうしのように装って、搭乗の案内を待った。

私はヒョンが韓国から持ってきた服で変装したつもりだったが、真っ黒に日焼けした顔、薪《まき》のように乾燥し、痩せ細った手足、焦点が定まらず、おどおどしている瞳、どこから見ても韓国人のようにはとても見えなかったはずだ。背中には脂汗がにじんでいた。一秒という瞬間がまるで一時間にも感じられた。

なんとか無事に機内へ入ったが、飛行機は乗客を待ち続けていて、扉がなかなか閉まらない。やっと動き出したが、滑走路に向かうそのスピードがあまりにのろく感じられて、いらいらしてしまい、もう何時間も飛行機で飛んでいるような錯覚に陥り、呼吸もろくにできないのだった。

頭の中では、最悪の事態ばかりを想像していた。突然、飛行機の搭乗口が開き、私たちの手配写真をかざした北朝鮮の保衛部員が飛び込んできて、私たちに手錠をはめてしまうというものだった。国際線を飛ぶ航空機で、そんな異常な検問検索などがあろうはずがないのに、私はあまりにも無知だったから、恐ろしい幻想に襲われていた。

戦闘機には乗りなれていた三男のヨンも、初めての旅客機に緊張していた。私たち三人とも顔の筋肉は、爆発寸前のように引きつっていたのだ。離陸してやっと安堵の息ができた。しかし、もうふたたび帰ることのできない故郷と、この間、私たちを守ってくれていた息子の親友たちを思うと、別れのつらさが襲ってきた。

さらに、これから到着するソウル、そこはまぎれもなく自分たちの国、自分たちの地でもあるのだけれど、果たして私たちはどのように迎えられるのだろうか、待ち受けているのはどんな生活なのだろうか、新しい家族は……。あれこれ思うと、期待と不安と焦燥感で落ち着かなかった。

外国人の嫁なんて

息子をひとり、そしてその妻と孫を北朝鮮に残したまま、韓国にやってきた私を、新しい家族や知人が大勢で待ち受けていた。

彼らは、東欧共産圏各国に留学していて韓国に一足先に亡命した息子の親友たちとその家族だった。みながみな故郷に残してきた母親や弟たちの面影を、私たちのなかに見て、実の母や弟のように喜んで迎えてくれた。それだけになお、彼らの実の家族を残したまま、自分だけ来てしまった私は、申しわけなく、ありがたく、言葉もなかった。北に残された彼らの家族の惨状を考えると、今も胸が疼《うず》く。

それから私は、外国人の嫁カリーナと初めてソウルで対面することになった。

ヒョンから、外国人の女性と結婚したと知らされたとき、閉鎖された北朝鮮社会で生きてきた私には青天の霹靂《へきれき》で、息子を奪われてしまったかのような心境になった。たとえ、どんなに時間が過ぎても、私には外国人の嫁を新たな家族として受け入れる自信がなかった。そればかりか、長男に対していただいていたあらゆる期待が音を立てて崩れていくようだった。

私の気持ちを察してヒョンはとても済まなそうにし、同時に彼女のことを、娘のように可愛がってほしいと願うような視線を、私に向けた。

しかし、彼の期待や願望とは関係なく、目の前の状況を受け入れるということは、北から来たばかりの私たちには難しいことだった。ヨンもナムも、残してきたグァンと、その家族のことが忘れられなかったし、ヨンにいたっては自分の婚約者とも別れてきたのだ。それなのに、外国人の女性を嫁として受け入れろというのは、納得しかねた。

こんな私たちに気を遣って、ヒョンは、最初にその女性、カリーナとの出会いを詳しく話してくれた。

カリーナ・イワノブナは、ヒョンが通っていたウクライナのドニエプル工業大学教授の娘で、息子の一年下級生だった。カリーナはいつからか、自分の父親の担当クラスの北朝鮮留学生チョン・ヒョンに好意を寄せるようになった。しかし、生涯の伴侶とまでは考えていなかったそうだ。自分が北朝鮮で暮らすことなど、絶対に考えられなかったのだろう。

やがて、ヒョンは北朝鮮に戻るのではなく、韓国に亡命することを考えるようになった。迷い、苦悩する彼に、親身になってアドバイスしてくれ、勇気と力を与えてくれたのが、担任教授だった。留学先の大学で行われた全学の数学、力学のコンテスト試験でトップをとった北朝鮮留学生ヒョンのことを、教授は特別に目をかけてくれていたのだ。そして、カリーナの気持ちに気がついていた教授は、ヒョンを弟子としてのみならず、未来の婿にする腹づもりもあったようだ。

ヒョンは、教授に背中を押されて、韓国に亡命したのだった。韓国に来てからも、息子は恩師の恩を忘れることなく、きめこまかに感謝の気持ちを手紙に書いた。

それから、教授の一家との手紙での交流が深まり、教授のほうから自分の娘と結婚してはどうかとヒョンにすすめたという。

親がすすめるなら、ふたりに異存はない。三年以上の文通の果てに、ついに好意は愛情へと発展し、一九九三年の秋にソウル市松坡区《ソンパ》にあるセビョック教会でイ・スンヨン牧師の司式によりふたりは結婚した。

ヒョンはソウルにきて教会に通うようになったのだが、そこで牧師さんや教会の人たちから家族のように仲間に加えてもらい、精神的にも経済的にも大きな援助を受けて、結婚して家庭を持ち、頑張っていこうと考えるようになったという。

その一部始終を聞いて、遠いウクライナの地から、言葉も習慣も何もかも大きく隔《へだ》たったアジアへ、ひとり娘を送り出した両親にも、カリーナにも私は頭が下がった。そんな女性に冷たくしてはならない。

息子が愛する女性なら、母である私が愛情を持って受けとめてあげるのが、人間としての道理ではないかと考えて、カリーナを受け入れようと決めた。私には実の娘がいないのも、こうなる日がくることを天が考えていたのではないだろうか、とそんなふうにも思うことにした。

かわいい嫁と孫

私たちの脱出のために、ヒョンが持ち家を売ったこともあり、しばらくの間、私たちはとても狭い部屋で肩寄せ合って暮らした。一〇年以上もの空白、そして、外国人の嫁と一緒というので、最初は気を遣ったが、そこはやっぱり家族だった。家族だからこそ不便もがまんできた。

それに何より、ロシア語のできない私たちが加わったことで、カリーナと孫のジェグンの韓国語会話が見違えるように上達した。また、韓国の習慣に懸命に慣れようとするカリーナの努力する姿を目の当たりにして、彼女への愛情が厚くなっていくのが、自分でも手に取るようにわかった。

時にはもの足りないことがあっても、はるか遠くの異国にひとり娘を送り出した両親の思いを察しながら、よい点は褒めて、悪いところは教えて諭《さと》しながら、家庭内が睦《むつ》まじくなるよう努めた。

それにしても、韓国語の話せない、ヨーロッパで生まれ育った嫁のことを、最初から理解するということは、口でいうほどやさしいものではなかったし、当惑もした。

これは、しばらくしてからのできごとなのだが、朝早くにカリーナから私に電話がかかってきた。こんなに早くから、なにごとかと思って受話器を握ると、彼女はいきなり、

「お母さん、私がどうして幸せでしょうか。私は幸せではありません！」

私は仰天して、「なぜ。どうしたの。落ち着いて話して」と問いただしたら、

「弟のヨンさんが、帰ってきませんでした、それで夜通し待っていたんです」

と言う。

長男のヒョンは仕事で頻繁に外国に出かけている。その留守中、妻を寂しがらせてはいけないと思って、弟のヨンにこまめにカリーナを訪ねるように言ってあったそうだ。そこで、ヨンもカリーナを訪ねる約束をしたのに、その日遅くまで友達につき合っていて、そのまま友人宅に泊まってしまった。そこで、待ちぼうけをくわされた彼女は、心配で眠れなかったというわけだ。「心配で眠れなかった」ということを、「幸せではありません」と言うのだから、ほかの

ことも推してしるべしである。

言葉が通じないために誤解する危険のあることは、最初から胆に銘じてきたことだが、意味の違いを教えながら、やれやれと、ため息をついた。が、素直に謝まる彼女は、なんともかわいい。

ヒョンとカリーナの間の一粒種、孫のジェグンは、私たちと会ったばかりのころはロシア語しか話さなかったが、かわいくてたまらなかった。いまでも無条件でかわいい。私は自分の子育て中は、生活と仕事と党のことに追われて、ゆっくり子供たちの成長を見守る余裕がなかった。だから、今じっくりとおつきあいしながら、「血は水よりも濃い」「血は争えない」という言葉の真の意味をかみしめている。

この孫の行動の一つ一つが、北に残してきた次男のグァンの幼い日にそっくりだ。まるで彼の生き写しのようでもある。

それがまた不憫で、この子が将来も親と離れるようなことが、絶対にあってはならないと、平和な世の中を切望している。

ヒョンの一家と同居していたころ、ヒョンが書き続けていた日記を読ませてもらった。生きているうちに母親と兄弟と、みなが会える確率は万に一つもなかったはずだったが、彼はその日を信じて生きていた。その内容に、私は涙をこらえることができなかった。

　自分が亡命したために迫害を受け、苦労を余儀なくされた母と弟たちのことを考えると、彼は、雨が降っても傘もささず、どんなに寒い冬の日も下着はランニング一枚しか着なかったという。またそんな苦難を百も承知しながら、これ以外の道はないと、苦悩の亡命を選択した内容を綴《つづ》っていた。その日記を読むにつれ、息子の孝行の思いは、きっと彼の未来が素晴しいものになることで報われるだろうと確信した。そうであればあるほど、残してきてしまった息子グァン、孫のクムソン、嫁のジョンエ、私のきょうだいや親戚のことが案じられて、また胸が張り裂けそうになる。

幸せ不幸せ

　ソウルに来て、会う人たちから、

「チャンさん、表情がとても明るくてよろしいですね、幸せそうですね」

とよく挨拶される。そのつど、「ハイッ！　そうなんです、とても幸せです」

と答えるが、心の奥底では積み重なった悲しみがこみ上げてきて、「でも」と続けてしまう。

「そんなことありません、ご存じないからそう見えるんです。多くの北朝鮮の同胞がこの瞬間にも病に倒れ、餓えに苦しみ、鞭打たれ、死に追いやられているんです。私も残してきたもののことを考えると、眠れない夜があります」

私でさえそうなのだから、単身で北朝鮮を脱出してきた人たちは、どんなに苦しい夜を過ごしているのだろう。残された数多くの親戚や周囲の人間がこうむる虐待《ぎゃくたい》を思うと、自責の念に駆られ、打ちひしがれ、不安におののくのだ。中国へはうまく脱出したものの、逃げまどわなければならない多くの越境者たちのことを考えると、心穏やかにはとてもなれない。

この世の中には絶対的な幸福なんてあり得ない、私はそう思う。

それでも、私の場合、他の人に比べてまだましだ。

私には今、息子が三人、その伴侶がふたり、孫がひとりいて、三軒の家があり、幸せに暮らしているのだから。長男は一家の長として、みんなをまとめあげている。ふたりの弟は大学で学んでいる。孫は韓国の言葉や習慣を身につけようと「子供の家」に通っている。私の日常は平穏そのものだ。

夏のある日、私はカリーナと一緒にデパートに行った。カリーナはスタイル、顔、内面どれをとっても申し分のない聡明な女性だ。彼女と腕を組んで、ゆったりと店内を歩く私たちに、販売員の女性が声をかけてくれた。

「なんてきれいな人、ミョヌリですか」

ミョヌリとは、韓国の言葉で、「息子の嫁」という意味だ。すると突然、カリーナが、

「違います、ミョヌリじゃありません。ウクライナです！」

と断固とした口調で言ったものだから、質問した女性は、言葉を失ってしまった。カリーナのほうも、何がなんだか分からなくなったようで困っている。そこで、私が言葉の意味を教えてやると、顔を真っ赤にして、

「ごめんなさい、ごめんなさい。私はミョヌリです。いいえ、娘です、娘……」

と弁解したものだから、大笑いになってしまった。

最近も、彼女と一緒に外出していたところ、すれ違いざまに、

「すごい美人！　たぶんフランスの女だろう。フランスの女が世界一らしいじゃないか」

と、無遠慮に言う男がいた。ほめ言葉だと思ったから、カリーナにそう説明すると、彼女は気分を害して憤然として言った。

「お母さん！　誰かから聞かれましたら、ウクライナ人だと言ってくださいね」

よその国の人間と間違われることは、どうもいやで、決して妥協しない。

私の家に来ると、料理をするたびに調理法をメモしたり、韓国の料理の本も買って研究している。一生懸命な姿がいじらしい。

九九年の夏、彼女はジェグンを連れてウクライナへ里帰りした。孫は、ウクライナのおじいさん、おばあさんに韓国語を教えるのだといって、「ハルモニムはチャン・インスクです」、つ

まり、「おばあちゃんは、チャン・インスクといいます」と、何度も繰り返したそうだ。

ところが、ウクライナの祖父母は、何度やっても韓国語の発音ができないものだから、孫はしまいに怒りだして、韓国語で「パボ、パボ！」と言ってしまった。意味がわからない祖父母は、ただ孫かわいさで、よしよしと、笑ってばかりいたそうだが、カリーナはびっくりして、両親に、『パボというのは、上手よ！ という意味よ』と誤魔化《ごまか》したんです」と笑って教えてくれた。「パボ」とは、「バカ」ということなのだ。

私ももう少し落ち着いたら、カリーナの両親に会いに行き、「大切な娘さんを嫁に出してくれ、ありがとうございます。実の娘として大事にします」と挨拶するつもりでいる。

三男ヨンの妻、チェ・ウンシルはようやく韓国に慣れてきたところだ。北を脱出した後、一年六ヵ月もの期間、中国で苦労して体調を壊した。私たちと再会できたとき、見るからにしんどそうで、顔は真っ黒く日焼けしていて、かわいそうでたまらなかった。

彼女は強靭《きょうじん》な精神の持ち主で、礼儀正しく、品があり、高潔な人柄だ。

ウンシルを人に紹介するとき、私は、

「ウンシルは離れ小島の岩の上に立たせておいても、生きることのできる娘です」

と言っている。中国で逃亡生活をしながら、生き逃れるためには中国語が必要だと決心して、短い期間に会話を修得した。だから、いまでは中国語の日常会話は流暢《りゅうちょう》にしゃべることができる。

彼女が両親とともに、亡命できたことを私は何よりもうれしく思った。彼女の父親は、私たち家族の最も信頼する友人であり、そもそも私たちが、中国でヒョンに会うために骨を折ってくれた恩人だ。

ウンシルとカリーナ、すばらしいお姉さんをふたりも見ているものだから、去年の秋夕に、家族全員が集まった席で末っ子のナムが言った。

「オモニ！　ぼくが結婚するときは、日本語か英語がよくできる人を選ばなきゃね」

みんなが大笑いしたが、カリーナが異議を唱えた。

「ナムさん、あのね、私は英語もよくできるのよ。だから、あなたは日本語がよくできる人と結婚してね」

本当に幸せな会話が弾んだ。

夏休みには家族で、乗用車二台をつらねて、ソウルから東海岸の草束《ソッチョ》までドライブ旅行に行くこともできた。秋には雪岳山《ソラクサン》に紅葉見物にも出かけた。子供たちはそれぞれ車を持ち、携帯電話を持っている。運転免許証がないのは私だけだ。「私も運転免許を取ろうかしら」と言うと、全員が、

「ダメです。私たちみんながオモニの運転手なんですから、必要ならいつでも誰でも呼んでく

ださい。苦労したオモニ、これからの余生は、平穏で楽しく過ごしていくんですよ」

と言ってくれる。

血と涙と、そして喜びとともに生きてきた私の六〇年。「苦あれば楽あり」という諺があるが、それはたぶん私のような女のことをいうのだろう。傷の痛みは胸の奥深くにそっとしまって、いまこそ、この幸せを十分に噛みしめながら余生を過ごしたいと思う。

定着

いくつもの国境を越えて、ソウルにやってきてから、新しい生活が始まり、二年半が経過した。すべてが新鮮で、見るもの聞くもの、私の想像力をすべて動員しても理解できないものばかりだった。

軍事境界線で隔たれてきた私たちは、いかに何も知らされずに生きてきたことか。まただまされてきたことか。

建設技術者である私の視野に入るものは、どうしても建設現場が多くなる。そして、それを見るたびに、私はため息をつく。

どんな建設現場にでもある建設重機、活発な立体交差、流れる車の群れや走る列車。これらを見るにつれ、私たちの羨望《せんぼう》の的であったあらゆる設備と施設が、わが国の半分の地で力を発揮していることの誇らしさを実感するとともに、虚無が支配した過去がめまぐるしく脳裏を駆けめぐる。

ピョンヤン市内、大同江《テドンガン》に架かる七つの橋に対し、ソウル市の漢江《ハンガン》に架かる二六の橋、ピョンヤン市に建設された二路線の地下鉄に対して、漢江の下を自由に潜り抜ける八路線の地下鉄。差は歴然としていて、数え上げればきりがない。

しかし、こちらに来てからの私たちの生活は、最初から順風に帆を張るようなわけにはいかなかった。一党独裁の恐怖政治の中で飼いならされたものにとって、自由で豊かな流れの中に容易には飛び込めなかった。波に押し戻され、岸に投げ出されて、自分を見失いそうな錯覚も、ときには感じてきた。

ただ与えられることを忠実に忠実に繰り返していればいい北と違って、ここではすべて自分で考え、判断し、選択しなければならない。同じ国と民族なのに細かい言葉のニュアンスや生活習慣、経済システムなども、一つ一つ違った。少しずつなじませて、二年半が過ぎたいまようやく安定した生活ができるようになったところだ。

そんな私に、多くの人々が期待してくれ、今では専門分野の学会のほかに女性団体の会員など、活動する場が八つもある。これらの活動を通じて文化や情緒などの差を埋めることができるのだから、まことにありがたく思い、私も努力をしている。また、私は信仰を持つこともできた。信じる哲学があり、そして信仰を通して仲間と交流できることで、離れ離れになってしまったきょうだいと会えない寂しさを埋めることもできた。

だが、いまこの時間にも苦悩している同胞の姿を想像すると、私ばかりがこんなに幸せでいいのかと、申しわけなく思う。

自分のおなかが満ちて背中も温かくなると、昔ひどい苦労をしたこと、いまも苦労している北朝鮮の同胞のことを忘れてしまうのではないかと、自己の生活を戒《いまし》めなければならない。せめて、祖国の統一のために私ができることは、選《え》り好みなく何でも真剣にやろうと心に誓うことである。

ふたりの息子も名門大学で学ぶ機会を得て、やはり高く掲げた生活目標に到達すべく、最善を尽くしている。

グァンの処刑

先にも書いたが、私たちが北朝鮮を脱出した後、私たちの脱出に協力、案内役を務めるなどしてくれたヨンの妻、チェ・ウンシルの家族も中国に越境した。

結婚して家を離れた長女だけを北朝鮮に残しての脱出だった。中国に逃れてからも、彼女の家族は北朝鮮の保衛部員と中国公安隊員の追跡にあい、九回も隠れ家を変わるなど、厳しい状況に直面していた。保衛部と中国公安の捜索網にじりじりと追い詰められ、危機一髪のところで、韓国に逃れたのだった。

もともと私はウンシルを実の娘のように思ってきたが、北朝鮮にいたとき、彼女の家族にどれだけ助けられたかしれない。今度は私が助ける番だった。一家の生活に少しでも助けになればと、たびたび経済的な支援もした。だから、彼女の家族はどんなに困難で、恐ろしい状況に追い込まれても、韓国にいる私たちが守ってくれている、そのことだけを支えにして生き抜いてきたそうだ。

ウンシルが、やっと韓国に亡命できたのは、一九九九年七月初め。命がけの長くつらい逃避行だった。彼女は沈着さと大胆なところを合わせ持った人であり、それが亡命を成功させたのだ。そして、今年（二〇〇〇年）三月になってヨンと結婚式を挙げた。みんなの大きな祝福を受けて。

しかし、彼女がもたらした北朝鮮情報は、私たちにとって、あまりにもつらいものだった。

私の次男のグァンは処刑された。孫のクムソンはよそに養子に出された。そして、グァンの妻だったキム・ジョンエは再婚することになった……。私のきょうだいは、山間奥地に追放された。

グァンに生きて再び会えることはないものと、覚悟はしていたが、それでもなお彼の生を切実に願い、祈ってきた。生きてさえいれば、私たちがヒョンと会えたように、いつか会える希望をつなぐことができた。しかし、彼は、銃声の音とともに消えたという。

私は、黙って喪に服し、そして泣いた。

今でも、グァンやクムソンやジョンエのことを思い出すと、眠ろうにも眠れない夜が続く。せめてクムソンとジョンエの命があることを、よしとしなければならないのだろうか。

おわりに

北朝鮮に生まれ、育った私は、この世の中のすべての幸福というものが、とてつもなく高価な代償を要求するという真理の、本当の意味を深く深く悟らされました。

統一を目指した闘いの中で、私は最愛の夫と息子を奪われてしまいました。六〇年の人生の歩みで、幾多《いくた》の挫折《ざせつ》に打ちひしがれても、私に再び立ち上がる力を与え、私を支えてくれたのは、わが最愛の夫の霊魂と、かけがえのない息子たちでした。

北朝鮮の首領のために、党のために生命の最後の瞬間まで忠実のかたまりであった私の夫。その功労ははかりしれないほど大きなものだったのに、ひとりの息子さえも救済できないほど無価値なものでした。

しかし、私はここで投げ出すわけにはいきません。まだ道半ばにして、成すべきことは山のように大きいのです。これまでの苦しい道程よりも、もっとつらく厳しいことがあろうとも、私は決して怯《ひる》むことはしないでしょう。笑顔で歩いていこうと思います。

おりしも、この原稿をまとめているとき、南北両国が、二〇〇〇年の六月に首脳会談を開くことを同意したという大きなニュースが飛びこんでまいりました。ぜひとも、この会談を成功させ、そして、統一への確かな足がかりが築けますよう、ひたすら祈っております。

つたない文章力でこの手記を書き終えた今、ここまで私たちを支え、導いてくださり、これからも私たちの生活の道案内の役をになってくださる政府の関係者の方々、各社会団体と教会の聖徒たち、近所の方々、みなさんに心からありがとうをいいます。同時に、私たちの生活のすべてを、これからもしっかり見守っていてくださるようお願いいたします。私たちが、恥じることのない誠実な国民として生きていけますように。

二〇〇〇年四月　ソウルにて

訳者あとがき

「北朝鮮」という三文字から日本人の多くは何を連想するのだろうか。

アンケートを取ったとしても、おそらく、「危険な国」「怖い国」「飢餓の国」という言葉が返ってくるだろう。核開発に続く、テポドン・ミサイルの発射や、日本人拉致《らち》疑惑、飢えた子供らの映像がそうしたイメージを増幅させているのは間違いない。こうした暗いイメージのほかに「崩壊しそうでしない不思議な国」という妙なイメージもその一方にあるのも事実だ。

陸を接した同じ分断国である韓国では一九四八年の建国以来大統領が七人も替わったのに、同じ年に建国した北朝鮮では父親から息子に政権が委譲しただけで半世紀以上も金日成・金正日体制が続いている。同じ分断国の東ドイツが崩壊し、東欧社会主義兄弟国も全滅し、社会主義の本家、ソ連までも瓦解《がかい》したのに北朝鮮だけはまだ生き延びている。経済は完全に破綻《はたん》しているにもかかわらずにだ。

「表に出ない指導者」金正日総書記のイメージに代表されるように北朝鮮は確かに「ミステリ

アスな国」である。

ただし、一つ言えることは、「金正日イコール北朝鮮」ではない。金正日が北朝鮮のすべてではない。北朝鮮にも二二〇〇万人の人口が暮らしている。日本の人口の五分の一が暮らしているのだ。ところが、飛行機ならば二時間で行ける所、それも日本とは海を隔て、隣に暮らしているのに北朝鮮の実像が、人々の生活が全く見えてこない。情報が洪水のように溢《あふ》れ出てくる韓国とは、天と地の開きがある。

数年前、中朝国境地帯の取材のため中国の国境都市、図們を訪れた時に目にした光景は今も忘れることができない。観光客は図們側から北朝鮮の陸地を覗《のぞ》き込むのだが、北朝鮮側に少しでも人影が見えると、観光客は歓声をあげ、指を差し、一斉に望遠鏡を向けるのだ。北朝鮮の人々は、まるで動物園の檻《おり》の中にいる動物のようにみられていたのだ。それもこれも、建国以来、五二年間も鎖国下で、それも外界との関係を完全に遮断《しゃだん》して暮らしてきたせいであろう。

日本からもこれまで多くのマスコミ関係者が北朝鮮を訪れ、映像や活字で北朝鮮の現状を伝えてきた。ところが、北朝鮮側の取材制限もあって、その多くはショーウィンドー化したピョンヤンの街や、マスゲームなど北朝鮮が演出したイベントなどが主流だ。ときたま、一般市民の声を伝えるものの、マイクを向けた相手が動員されたエキストラであることに気づかない。このような状況下では、北朝鮮の人々の本当の姿は伝わってこない。もちろん、北朝鮮側の官製報道からも何も見えてはこない。

いったい、北朝鮮の人々は何を考え、どのように暮らしているのだろうか？　いや、暮らしてきたのだろうか？　北朝鮮に関心を持つ者であれば誰もが抱く単純な疑問だ。また、これは、言わば永遠のテーマでもあった。

一般の人々はどのようなところに住んでいるのだろうか？　一日に一食しか食べられないほどの食糧危機の中で主婦はどうやって炊事をしているのだろうか？　一般の家庭にも洗濯機、クーラー、冷蔵庫、掃除機、炊飯器、テレビなど電化製品があるのだろうか？　男女間の恋愛は自由なのだろうか？　子供らの教育はどうしているのだろうか？　男女は平等なのだろうか？　女性は幸せなのだろうか？　人々はどのような夢と希望をもって生きているのだろうか？　金正日体制を支持しているのだろうか？

疑問をあげれば限りがないが、こうした素朴な疑問が解けなければ、国交を正常化しても本当の北朝鮮を理解することはできない。かりに北朝鮮の旅行が自由になったとしても、また何度訪れたとしても、表面的なことしかわからず、北朝鮮はいつまでたっても日本人にとっては「謎の国」のままでいるだろう。

訳者の私もこれまで多くの北朝鮮亡命者から外交から軍事、経済にいたるまでの話を聞かされたが、それでも何か物足りなかった。彼らの証言は情報としての価値はあるが、それでもなお北朝鮮の素顔が見えてこないからである。過去から今日までの北朝鮮のすべてを知りたい、これが「北朝鮮ウォッチャー」としての願望であった。

ところが、北朝鮮のすべてを語るに相応《ふさわ》しい人物がソウルにいることを知った。その人物が、本書の著者、張仁淑《チャンインスク》さんだ。韓国に亡命した数少ない北朝鮮女性の一人である張仁淑さんと私が初めて出会ったのは、テレビの仕事でソウルを訪問した一九九九年一月だ。

私が張仁淑さんに是非会いたいと思った理由は四つある。

一つは、彼女が女性であり、主婦であり、四人の子供を持つ母親であることだ。女性の目から、主婦の生活感覚から、そして母親の立場からベールに包まれた北朝鮮を語ることができるのではないかと思ったからである。

次に、彼女が、北朝鮮のシンボルである主体思想塔を設計したキャリア・ウーマン、それもエリートであることだ。男尊女卑の社会にあって、女性が出世するのは並大抵のことではできない。まして、彼女は主体思想塔を設計した三大女性建築家の一人として金日成主席や金正日総書記からも表彰されている。そこまで上り詰めた彼女の遍歴に関心を持つのは当然のことだ。

三つ目に、長男の「不祥事」(韓国への亡命)により張さん一家が首都・ピョンヤンから地方に追放されたことだ。家族から亡命者が出た場合、残された家族は例外なく地方に放逐《ほうちく》されるか、政治犯収容所に送り込まれる。「天国」から「地獄」に突き落とされるのだ。しかし、これまで残された家族がその後どのような運命を辿《たど》ったかはいまだかつて明らかにされていなかった。その意味では、彼女は貴重な「体験者」でもある。

最後に、彼女が還暦を前にして、生まれ育った祖国・北朝鮮を捨てたことだ。革命家の夫を持ち、地方に追放されてからも党と国家を信じ、忠誠を尽くしてきた者が祖国を捨てるというのはよほどの勇気、覚悟がなければできないことだ。祖国と息子の狭間にあって、張さんは息子らの将来のため亡命の道を選んだが、共産主義者であっても、社会主義体制下にあっても母親は究極的には子を選ぶということに救われた思いをしたからだ。

想像したとおりに張さんは、北朝鮮のすべてを語るに相応しい人物であることが、お会いしてわかった。まるで目から鱗《うろこ》が落ちるかのように次々と謎と疑問を解きあかしてくれた。

読者のみなさんは、長男の不祥事で一家がある日突然、地方に追放させられるという理不尽に怒りを覚え、また夢にまで見た長男とは再会を果たすものの、今度は、次男が脱出に失敗したため生き別れになってしまった彼女の不遇に涙するだろう。またピョンヤンと地方の生活格差にも呆《あき》れ返るだろう。同情を、怒りを、涙を禁じえないだろう。が、これが今の北朝鮮なのである。

皮肉なことかもしれないが、北朝鮮を統治している金正日総書記も、自分の国の惨状を、国民の悲惨さをわかっていないのかもしれない。その意味では、他の誰よりも早く、一番に金正日氏にこの手記を読んでもらいたい。そうすれば、党と国家に忠誠を誓っていた「社会主義朝鮮」の模範生、張仁淑さんの家族が、なぜ祖国を捨てざるを得なかったかを知るだろう。また、黙して語らないが、多くの国民が、張さんと同じ心情、境遇にあることを察するだろう。

北朝鮮という国が南北首脳会議を機にどう変わっていくのか即断できないが、体制と政権には必ず終焉がある。しかし、国民は永遠だ。二一世紀に向けて日本人にとっての真のパートナーは、体制や政権ではなく、その国の民であることを改めて思い知らされた。

張さんが綴《つづ》る半生は北朝鮮国民の半生でもある。一九四五年の解放から今日までの北朝鮮をここまでつぶさに描いた書物はかつてなかった。まさに貴重な現代史でもある。本書が祖国統一のために何らかの役割をはたすことができれば、訳者としてこんなにうれしいことはない。

二〇〇〇年六月

辺　真一

●訳者紹介

辺真一（ピョン・ジンイル）

1948年東京生まれ。明治学院大学英文科卒業。10年の新聞記者生活を経て、82年朝鮮半島問題専門誌「コリア・レポート」創刊。現在編集長。テレビ、ラジオ、新聞、雑誌などで評論活動。朝鮮半島ウォッチャーの第一人者として知られる。主な著書に『北朝鮮100の新常識』『北朝鮮亡命・730日ドキュメント』ほか。

李聖男（リ・ソンナム）

1946年山口県生まれ。朝鮮大学校理学部卒業。朝鮮新報社「ピープルス・コリア（スペイン語版）」記者として活躍後、77年に独立。米国レイクランド大学日本校代表理事などをつとめ、現在貿易業を営むかたわら、翻訳家として活動。

凍《こお》れる河《かわ》を超《こ》えて――それでも私《わたし》は生《い》きていく（下《げ》）

2000年6月29日　第1刷発行

著　者　張仁淑《チャンインスク》

訳　者　辺真一《ピョンジンイル》／李聖男《リソンナム》

発行者　野間佐和子

発行所　株式会社講談社

東京都文京区音羽二丁目12-21　郵便番号112-8001

電話　編集部　03-5395-3560

販売部　03-5395-3624

製作部　03-5395-3615

印刷所　信毎書籍印刷株式会社

製本所　黒柳製本株式会社

©CHANG IN SUK 2000, Printed in Japan

定価はカバーに表示してあります。

R〈日本複写権センター委託出版物〉本書の無断複写（コピー）は著作権法上での例外を除き、禁じられています。本書からの複写を希望される場合は、日本複写権センター（03-3401-2382）にご連絡ください。

落丁本・乱丁本は、小社書籍製作部あてにお送りください。送料小社負担にてお取り替えいたします。

なお、この本についてのお問い合わせは学術図書第二出版部あてにお願いいたします。

ISBN4-06-210254-4（術2）

N.D.C. 221　286p　20cm